བདེ་སྐྱིད་ལྷ་སའི་རིག་མཛོད།

幸福拉萨文库

人物篇

玛尔巴大师传

坚守内心的洁白与安宁

持守至简的大道与智慧

《幸福拉萨文库》编委会 编著

XZCB 西藏人民出版社

图书在版编目（CIP）数据

玛尔巴大师传 /《幸福拉萨文库》编委会编著．-- 拉萨：西藏人民出版社，2019.6（2021.9 重印）
（幸福拉萨文库）
ISBN 978-7-223-06325-8

Ⅰ．①玛… Ⅱ．①幸… Ⅲ．①传记文学－中国－当代 Ⅳ．① I25

中国版本图书馆 CIP 数据核字（2019）第 079524 号

玛尔巴大师传

编　　著	《幸福拉萨文库》编委会
责任编辑	计美旺扎
策　　划	计美旺扎
封面设计	颜　森
出版发行	西藏人民出版社（拉萨市林廓北路 20 号）
印　　刷	三河市东兴印刷有限公司
开　　本	710×1040　　1/16
印　　张	13
字　　数	192 千
版　　次	2020 年 6 月第 1 版
印　　次	2021 年 9 月第 2 次印刷
印　　数	10，001-12，000
书　　号	ISBN 978-7-223-06325-8
定　　价	32.00 元

《幸福拉萨文库》编委会

慧灯之光

对于生活在平原之上的人们来说，西藏代表着另一种风景：广袤空旷的土地，浩若海洋的蓝天，让人无处躲藏的炽烈阳光，随处可见的佛教信徒。这看似简单的一切，在对复杂生活中种种光怪陆离景象习以为常的人们眼中，反而如谜团般充满隐喻意味。

只是再简单的风景之中，也少不了丰富的人。

当我们穷究生命的内核，就会在一个个看似一览无余的人背后，发现生命永恒的、难以被时光摧毁的真谛，玛尔巴大师即在这些值得被谈论的人物之列。

玛尔巴大师，原名塔玛旺秋，法名却吉洛追，生于山南洛扎秋切的卓窝隆·牌萨村，一生三次赴印度、四次赴尼泊尔，跟随那若巴、麦哲巴等十三位上师学习密教佛法，回乡后广收门徒，终成藏传佛教噶举派一代宗师。

在所有看似一笔带过的履历背后，都有着宛转曲折的人生历程。只是让生命发生质变的契机，却都不那么美丽。

因为找德高望重的老师借书被拒绝，这个在小村庄安稳生活中成长起来的少年心中不平，于是在兵荒马乱、各自为政的乱世，带着自己的全部家财，踏上了远行之路。

正是这次远行，改变了他一生的轨迹。在交通和信息尚不发达的一千年前，旅途漫长艰辛而枯燥无味，大漠风沙如刃，野兽盗匪横行，干渴和孤独可能随时要了人的命；一起辩经的译师，致使他十几年辛苦求得的经书付诸流水，他再度折返，终获绝世佛法；上师派他外出寻访名师，他在毒海与尸陀林中如梭穿行，不以为苦；心中偶然生出俗念，他以修行自省予以调和，说服自己一次次归于平淡；以辛苦求得黄金，再毫无保留地回馈给上师来锻炼取舍的能力；在拥有一切时失去心爱的儿子，让他看到复刻般的另一种人生，逼他淡然释怀。

从严寒到酷暑，从一张白纸到人人尊敬的大译师，或许需要那么一点儿幸运和福气。但他更多倚赖的，不过是心中寸步不移的信念而已。

命运并未因为他的勤勉厚待于他，却也没有亏待他。当他衣锦还乡、美名远扬之时，已是年逾花甲的老人。人们惊奇地发现，在一张饱受岁月风沙摧残的面庞上，仍然可以有一双童真般清澈的眼睛。

世事不会因为人修习佛法而变得简单纯粹，人终究只能为自己过滤出一个纯净美好的内在世界。在见惯了世上诸多美好或不美好的面容之后，玛尔巴笃定地选择最善良的一种生命态度：回到生他养他的土地，以佛法调和这片土地上众生的痛苦，在日复一日的讲经说法中为身陷执念的人们开示，助他们寻找灵魂的解脱之道。

伟大的人并不总是拥有闪闪发光的完人形象，玛尔巴让我们看到了一个凡人自我成全的人生范本。他早年聪慧，但性格叛逆，脾气像一块石头般又硬又极端，自己认定的事情绝不容更改——在世事和佛法的打磨中，他才逐渐磨去伤人伤己之处，保留精进有为的棱角，终于得到常人难以企及的成就。

如今走在西藏的寺庙之中、山岗之上，在手摇转经筒的老妇人、顶礼膜拜的信徒之外，你仍然可以见到身穿白色僧袍的僧人穿梭自如，他们一直牢记着祖师玛尔巴的训诫，以教化众生为已任，坚守内心的洁白与安宁，在日趋繁荣的高原上持守至简的大道智慧。

本书结合藏传佛教大师玛尔巴一生的行迹，着力在传奇美妙的故事中展现一个时代的风土人情和文化风格，刻画藏族人民性格中的坚韧、淳朴等品质。这些宝贵的人性特质在西藏快速发展的今日仍然有重要的意义。愿这样一本书，让你在认识玛尔巴大师的同时，也能对西藏的风土人情、文化风俗以及淳朴善良的人们多一些了解，更能在其中汲取可供享用一生的文化品质和人生智慧！

目录

第二卷　证悟｜忘却是一种自由

第四章　前世时差，此生偿还

第五章　向内行走，美梦似路长

第六章　再美不过一念清凉

第三卷　开示｜慢慢来比较快

第七章　留给碎梦的，只有背影

第八章　失而复得，莫失莫忘

第九章　舍不得璀璨俗世

第四卷　施受｜在命运中停驻，成全自己

第十章　誓言，就像呼吸一样

第十一章　未见面，不言聚散

第十二章　且向心内寻安然

第五卷　破执｜凋谢，正如万物诞生

第十三章　花非花，雾非雾

第十四章　我是人间惆怅客

第十五章　只要记得，何必认得

第六卷 转化｜浪打红尘知多少

第十六章 化作春泥更护花

第十七章 境界之门开，万籁俱寂

第十八章 不枉此生心如水

第一卷

际会｜我要活，就活得像永生

我并非真的拒绝这一切，
只留下自己。
冲撞和叛逆给我痛楚，
我以自由之歌为报。

第一章　真水无香，真我无华

佛法一脉千里

公元333年左右，吐蕃第二十七代赞普拉托托日年赞在王座上打了一个盹儿。梦中，一道神光如蛟龙般顺着王宫蜿蜒盘旋向上，旋即消失不见。醒来后赞普左思右想，总觉得这梦有不同寻常之处，只好召集侍卫们到王宫顶端搜寻，以打消心中疑虑，结果却发现一个装满佛教法器、经书和带有刻画符号天书的宝盒。

自此，吐蕃将大门虚掩，等待着佛教给此方土地带来的好消息。

或许因为翻越高耸入云的喜马拉雅山脉太过艰难，佛教在中原香火流传六百多年后，雪域高原上的居民们终于惊讶地发现，佛与自己只有一山之隔，而他们竟然对这一切一无所知。

公元7世纪时，吐蕃第三十三代赞普松赞干布迎娶唐朝文成公主和尼泊尔尺尊公主，将释迦牟尼八岁和十二岁等身像迎入雪域高原，佛教终在此地落地生根，它以庙宇、转经筒和佛像等柔软方式渗透进百姓的心田，开始与独占人们精神空间的苯教分庭抗礼。佛教和苯教，一如藏戏面具的里外两面，光鲜亮丽的同时暗藏秘密，从未停止争夺人心的努力。

公元838年，吐蕃贵族未杰刀热等人趁赤祖德赞酒醉将之勒死，其弟朗达玛由此成为赞普。作为一名苯教徒，朗达玛对待佛教的态度不似前几位赞普一般宽容，当即下令要对佛教斩尽杀绝。《藏传佛教故事》记载：“大昭寺、桑耶寺被封，小昭寺改为牛圈，文成公主被诬为罗刹女，佛像上挂上血淋淋的兽皮，佛经或弃之水里，或投入火中；让佛教徒改宗或还俗，有的还被强令上山打猎杀生……”

一时间高原上哀鸿遍野，佛教庙宇燃起熊熊烈火，远山近丘被鲜血染得通红，僧侣们或痛哭流涕，或愤而出走，或决一死战，佛教就此坠入无边的黑暗中。

五年后，一批被迫大开杀戒的僧人逃到山南的洛扎地区，心中的信仰被人强夺而去，他们早已成了空心人，衣衫褴褛、面目黧黑，惶惶不可终日。

当几人莽撞闯入密林深处的山洞中避难时，一位名为拉龙·白吉多杰的人面容平和地接待了他们，他在此修定已久，对外界之事一无所知。

几人将这场对佛教的戕害罪状一一道来，抬头只见白吉多杰眉头紧蹙，指甲已将大腿抓出了星星血渍。未等几人讲完，他猛然起身，四指朝上起誓，不将朗达玛剪除，誓不为人。

佛法善于调和人的心性，但从来没有一本典籍教人对罪恶和暴力熟视无睹。白吉多杰胸中热血上涌，他可以随时投身战斗，并且不遗余力。

从几位为他望风的僧人口中，白吉多杰得知朗达玛将要在郊外踏青野宴，一条妙计在他心中酝酿起来。

野宴之日，他身披黑白两面长袍，骑着通体染成黑色的白马，在密林中守候。

透过树叶的缝隙，白吉多杰看到朗达玛邀请众人同席。下午的阳光正烈，他以树叶缠头遮蔽阳光，恰在朗达玛双眼微眯，饮酒后下颌微收之际，一箭射中朗达玛的额头。

见朗达玛眼珠一翻，白吉多杰策马纵身跳入拉萨河中。射杀赞普的黑衣刺客无迹可寻，拉萨河水和善良的百姓早已为他洗刷掉了种种痕迹。

世人只记得，那天有一个身穿白袍骑白马的英俊少年，朝东北方向驱驰而去，在他背后，霞光染红了大半个天空。

朗达玛的死拉开了割据时期百年混战的序幕，吐蕃政权风雨飘摇，盗贼、兵乱伴随着大饥荒在雪域高原肆意横行，史载：“霜雹累见，饥疫相寻。”

灾难给当地百姓的眉间加添了褶皱，却让奄奄一息的佛教得以休养生息。佛教徒和洛扎地方的人们将白吉多杰的名字久久地牢记在心间，他的不屈让他们看到：哪怕黑暗漫长得令人绝望，只要心中的火光不灭，佛教便不会消亡，生活也终将重见天日。

能让一切毁损重建的，从来都不是神示，而是人心。

一百六十多年后，一个连路还没走稳的小男孩和小伙伴们在田间听白发老者讲述白吉多杰的故事，眼睛发光，小小的拳头紧握着，他老成的模样逗笑了围观的大人们，可大人们的戏谑和玩世不恭却惹哭了他。谁也不会想到，这个此刻对什么都一派认真的孩子，会在佛法上如获神助，成为洛扎地区的骄傲。

他的名字叫玛尔巴·却吉洛追。

富足童年的忧虑

炉灶中哔剥作响，火光时明时暗，映在佳姆萨朵黛添新柴的手上，一如变幻莫测的原始舞蹈。她手中的木杵在大锅中缓缓搅动，氤氲的酥油茶香便沿着锅边蔓延开去，香气飘到窗外，引得路人频频回首。

在洛扎秋切的卓窝隆·牌萨村，人们是以熬煮酥油茶的手艺来评判日子好坏的，那些酥油茶煮得好的姑娘总会嫁得不错，佳姆萨朵黛便是其中之一。玛尔巴·旺秋维塞凭着农牧业兼营的丰足家财和温吞如水的性格，顺利俘获了她的芳心，双方父母也非常满意。

结婚、生子之后，便是平淡如水的生活。所幸夫妻俩都是安于现实的人，善于在开源节流中兼顾日子的安适，财富稳步增加，生养的三个孩子也在吵吵闹闹中渐次长大成人，日子便在这一天天的往复中寻找着自己的意义。

锅中的酥油茶在沸腾中冒着气泡，门外哭声、谩骂声越发清晰。

佳姆萨朵黛推门而出，只见邻家的女人领着自家孩子气势汹汹地走来，那孩子浑身上下的衣服已经湿透，头发打着绺儿，嘴唇哆嗦发紫，缩在母亲身后一声不吭。

“你说这算什么事啊！两个小孩儿本来玩得好好的，你儿子塔玛旺秋突然把我家娃儿往河里推，呛了好几口水，要不是有大人路过，我家娃儿连命都不见得保得住！”女人叉着腰，鞋子胡乱踏在脚下，全然不顾行人指指点点。

女人的斥责如同烧在佳姆萨朵黛面前的熊熊烈火，将她的脸色烤得通红。佳姆萨朵黛生性羞涩，哪里经受得了这般斥责，脸色一阵红一阵白，只得双目低垂，默默承受。

而女人口中的“罪魁祸首”正站在两米开外的位置，一脸无所谓的表情，整张脸上只看得到高高噘起的小嘴。

“塔玛旺秋，你说说这是怎么回事？”

“是他要赖皮，打赌输了说话不算话，还用难听的话骂我！”塔玛旺秋趾高气扬地指着落汤鸡般的同伴，眼中没有一丝瑟缩。

“我们家次仁怎么会说脏话，肯定是你胡编乱造！哪怕是真的，你也不能把他往水里推啊，大家可看看啊，这孩子心多黑啊，长大了那还了得！”女人拉长声音冲围观的人群喊着。众人引颈向前，塔玛旺秋却把头昂得更高了。

正在佳姆萨朵黛陷入窘境之时，玛尔巴·旺秋维赛从田间地头监工回来，拨开自家门前重重包围的人群，见到塔玛旺秋一脸趾高气扬的神情，心中已经明白大半。

在三个孩子中，只有小儿子塔玛旺秋最让他担心。他总把一大筐一大筐的麻烦往家里倒，每次被训斥或被冤枉时，他总会用如鹰般锐利的眼神盯着触犯他的人，那目光中的冷寂令人毛骨悚然。

“塔玛旺秋，你给次仁道歉！”父亲问明缘由后发出命令。

“我没错！”儿子把头别过去，气势丝毫不比高出自己几个身长的父亲弱。

“哪怕次仁有错在先，你也不该在这么冷的天把人家推到河里。快去道歉！”

“我不去！他向我道歉我就给他道歉！”

“那好，塔玛旺秋，你告诉我，对错和性命哪个重要？”

“对的就是对的，错的就是错的！”

塔玛旺秋的回答着实让在场的所有人哑口无言，父亲嘴唇发着抖，竟然再也想不出一句话和他对质，只留下邻家女人在一旁大声控诉，不断争取着舆论的支持。原本看塔玛旺秋可怜的少数派也慢慢改口，转而倒戈相向。

局势明显对玛尔巴一家不利，剑拔弩张之际，邻家女人的丈夫闻讯赶来，见妻子坐在地上撒泼的模样怒火中烧，将妻儿两人强拖回家，事情就此不了了之。

人群散尽后，玛尔巴夫妇互相凝视，笑容中尽是苦涩，塔玛旺秋死死地把着门边不肯进屋。佳姆萨朵黛只好蹲下来询问，塔玛旺秋才将事情的来龙去脉讲了个明白。

虽然知道自己的孩子并未仗势凌人，但夫妻二人还是苦口婆心地将塔玛旺秋训斥了一番。

生而在世，艰难重重。哪怕错不在己，人也不能只是关心自我的感受，这是玛尔巴·旺秋维赛的人生哲学。

可惜他的儿子此刻还没法理解，仍然在万事万物冰冷的边缘往返不息。

月上柳梢，佳姆萨朵黛端上热气腾腾的晚餐，一家人围坐在饭桌旁，说说笑笑。纵然有天大的事，在一顿热气腾腾的晚餐后也显得不那么重要。

晚饭后，心思质纯的孩子们很快进入了梦乡，只有大人们仍然劳心劳神。

“这孩子心思灵着呢，就是爱认死理儿。要是他有心计啊，长大定然是块材料；可若是傻得可以，估计难逃人心的祸害。这么看来，不如让他修习佛法，好好磨磨他的心性。”玛尔巴·旺秋维赛低声和妻子商量着，凡事和妻子一起拿主意已是习惯。

黑夜中丈夫的浓重侧影映在墙上，坚毅而高大。佳姆萨朵黛侧身望着他的脸，一脸虔诚。丈夫说的话总是不会错的，这是嫁给他后她从未怀疑过的事情。倘若塔玛旺秋能把这股劲头用在佛法上，兴许还会因祸得福呢？佳姆萨朵黛这样想着，双手在胸口合十，沉入梦乡。

父亲的远见

几十年后的一个清晨，玛尔巴蹲在洛扎附近的小河边洗手，波光粼粼的水面倒映出他破碎的影子，玛尔巴忽然明白了父亲的良苦用心。

那个本名塔玛旺秋的孩子，再也不是让所有人头痛不已的“问题小孩”，在佛法和旅途的磨炼淘洗下，如今他已经成长为洛扎地区小有名气的译师。

时间仿佛有着摧枯拉朽的奇妙能力，它让内在背离的分道扬镳，内核相近的最终相遇。修习佛法多年后，玛尔巴终于领悟到：父亲的沉默，原是立足于世的铠甲和利器，他时而用以迎接生命中的种种悸动，时而以它对抗生命中的诸多不公，抚平内心柔软的伤口。

在日复一日的蹉跎中，时间如梭飞逝，只有父亲默然不语的脸，如同灯烛下闪光的漆印，将童年的美好天真永远封存在玛尔巴的记忆中。

玛尔巴永远记得那个从噩梦中惊醒的早晨，梦中的他坠落深渊，只得不断呼喊挣扎，醒来时父亲就坐在他的床边，以厚实的手掌轻抚着他的额头。

敏感如丝的年纪，内心体验过绝望和荒凉的孩子，身体都会自动生出铜墙铁壁，仿佛长大后再深刻的孤寂都能安然度过。玛尔巴脸上的惊慌瞬间变作扭头噘嘴的模样，慌忙坐起身来。

“儿子你听着，大家都说好时光不等人，你现在十二岁，刚好是增进知识、求得佛法的最好时候。我们这里有一位名为鲁杰巴勤的上师，他不但精于佛法和文字，为人也是彬彬有礼，你能依止这位上师真是修来的福分，这两日我就带你去，你看如何？”

玛尔巴想，终日和附近的小伙伴打打闹闹也腻了，佛寺倒是个神秘之所，能脱离父母的管束，怎么想都是一件好事，便欣然应允下来。

父亲的眼角泛起层层涟漪，不相信自己这么轻松地就说服了别扭的儿子。

当天佳姆萨朵黛和玛尔巴就跑到集市购买习字工具，村里习字学文化的人本来就不多，母子俩又对读书写字的工具一无所知，只能一步一停地到处打听，终于在天黑之前买齐了藏纸、竹笔等物品，大包小包地提回家。

第二天清晨，天才蒙蒙亮，玛尔巴就被父亲带去见鲁杰巴勤上师。玛尔巴瞌睡得连连打着哈欠，父亲和上师寒暄的话语如耳边风般呼啸而过，他只在微眯着双眼向上师行过跪拜礼后，才看清上师的模样——一位白发老者，眼角堆笑，清澈的眼眸带着笑意，但仿佛一眼能看到别人的骨子里，这该是漫长清静时光赐予他的珍贵财富吧！

院中的桑烟冉冉升起，眼前佛堂古旧斑驳，穿着褪色僧衣的僧人正在打扫。玛尔巴暗暗咂嘴，这地方根本不是自己想象中那样好玩啊！

上师眼明心亮，看出了玛尔巴的失望，便引他走近佛堂，密切关注着他脸上的风吹草动。

玛尔巴一路耷拉着眼皮，中央的佛像金身已经暗淡，莲花瓣般细长的双眼慈悲含情，眼中仿佛有看破一切的从容和空寂。玛尔巴心中念头一闪，世间万物走马灯般游走奔忙，这佛像却从容不迫，世间又有多少东西能如它这般呢？玛尔巴这样想着，竟感到周身的空气都激荡起来，眼神澄明一如朝阳初升。

望见玛尔巴眼神中的微妙变化，鲁杰巴勤上师自顾自点头，转身对玛尔巴的父亲道："这孩子有法缘啊！见到佛像就心明眼亮，如此甚好，甚好！"

旺秋维赛闻之大喜，为寺院布施了更多钱财和酥油，拍拍玛尔巴的头叮嘱了几句才离开。

父亲远去的背影如墨色般浓重，玛尔巴席地而坐，拿起竹笔在墨海中蘸了又蘸，在平整的藏纸上写写画画，鲁杰巴勤上师在他身边不时提醒着，可他一颗心始终放在佛堂左右出没的几个小喇嘛身上。

鲁杰巴勤上师给他讲藏文的故事，讲述7世纪时吞弥·桑布扎如何刻苦学习文字，在流沙和酷暑中九死一生，终于创制独具特色的藏文，从此辉煌壮丽的藏族历史终于有了寄身之所，成为深深镌刻在藏族人民心中的永恒片段。

传统的藏文书写源于印度，常用竹笔，以竹片削成方尖薄片，磨钝后再往上削。藏文书写常席地而坐，右手持笔，书写于左手指托之处，或将纸平铺在两膝间的藏袍之上，由左至右书写。竹笔吸墨少而锋利，需要时时蘸墨，须得另有墨海和质地厚实的藏纸相配。

期望越高，失望越大，那时的玛尔巴还不明白这个道理。静默如谜的环境，新奇的藏文世界，尚未熟识的小伙伴，都带着玫瑰色的光晕向他奔涌而来，让他目不暇接，沉醉流连。

第二章　抛下伞，潇潇雨中一人行

佛门是块神秘地

冉冉升腾的桑烟藏香、日夜不息的酥油灯焰、行走自如的僧人，这是百姓眼中再寻常不过的景象。或许因为高寒环境塑造了人们坚毅的性格和良善的心性，佛教似乎和这片土地有着浑然天成的缘分，人们在内心惶惑焦躁时总会求助于佛法的护佑，以保持内心的安宁。静若桃花源的佛寺、僧人们一如既往的诵经声，总能将人们心中尘世翻卷的痕迹抚平，还以静谧安适。

这是玛尔巴来到上师处学习的第二日。

晨起后的清粥小菜最是滋养脾胃，又不致让人昏昏欲睡，玛尔巴和几个小喇嘛双手捧着木碗一倾而尽，便跟随上师开始了一天中的主课：诵经。

诵经声缭绕往复，众人盘腿打坐，上师开始为大家讲法："佛，梵语'佛陀'，乃真正的智者和大觉悟者。凡人的眼睛往往被蒙蔽，无法看清事物的真相，佛却能明了诸法事理，对世相一览无余，获得真正圆满的觉悟。"

一众小沙弥[①]望着大殿中央佛像慈祥静谧的面容，如坠云里雾里。玛尔巴却拄着脑袋陷入沉思，一连串问题在他脑海中泛起涟漪：

"觉悟到底是什么？

"怎么才能有大觉悟？

---

① 沙弥：梵语室罗摩尼的简称，承认守护十所学处以及所属的三十三种违犯的出家男子。

“什么算是事物的真相?

“只有觉悟这一种方法才能获得真相吗？”

《佛地论》中说：“于一切法、一切种相，能自开觉，亦开觉一切有情，如睡觉醒，如莲花开，故名为佛。”

玛尔巴得法多年后，才明白其中真味。佛性是近似直觉般的天赋，这天赋一如鞘中之剑，能够在瞬间切入事物的本质，而自己又不会为利刃所伤。

佛是无须刻意但不可缺少专注的通透。

古语云，“胜人者有力，自胜者强”。这是鲁杰巴勤上师秉持的一贯信条。烦琐的戒条能荡涤人心诸多杂念，助人达到明心见性的境界。这种准则贯彻到寺院的管理中，自然成为金科玉律，但这对叛逆年纪的孩子来说，无疑是可怕的牢笼。

上师为玛尔巴取法名为“却吉洛追”，意即“法慧”，没想到这名字如预言般神验，将玛尔巴此后的人生照得灯火通明。

未过一月，玛尔巴便对藏文熟稔于心，藏文书写也宛如青松般苍劲有力。上师赞他一点即通，小小的玛尔巴很早便开始享受来自同龄人的艳羡目光。

这时的玛尔巴，已然成为众人眼中的天才，但赞誉于他，更多的是负累。才华如同蚌壳中无意滚入的砂石，苦楚、酸涩，却又无以排解，只能在近乎梦呓中释放自己的狂狷。

每当大家神采奕奕地听上师讲法时，玛尔巴总会腾地站起来，洋洋洒洒地阐述自己的观点，不一会儿整张脸就已涨得通红。

和同伴或上师争辩，早已成为司空见惯的场景。鲁杰巴勤虽在日常诸多事务上十分严苛，但心胸足够宽广，不但不对玛尔巴严加斥责，甚至还对他的部分想法予以肯定，这更助长了玛尔巴自由不羁的习性。

无须习字、听法的时光，玛尔巴总喜欢一个人蹲在佛堂后面的柳树下，独自观察蚂蚁搬家，望着头顶尖锐的四角天空，耳边不时有小沙弥的窃笑声和私语声，他也不以为意。在同伴眼中，他无疑是一种可怕的生物，在狂躁和沉默的两极跳动，没有中间状态。你永远不知道什么会突然将他刺伤，什么才能安抚他躁动的心。

执拗小孩

日复一日的习字、诵经和粗糙的饭食很快便让玛尔巴的心冷却下来。

在家里习惯了吵吵闹闹的气氛，到了这里只能轻言慢语，吃饭也不得发出太大声响，年龄和自己相仿的同伴见了上师个个噤若寒蝉、胆小如鼠，想来真是无趣。

玛尔巴现在已经可以自如地以藏文默写一些经文了，也能将自己的一些想法形诸成文。玛尔巴藏文飞梭般进步的消息，很快就传进玛尔巴父母的耳朵里，夫妇两人喜不自胜，准备了丰厚的礼物拜访上师，顺便探望一下自己的儿子。

在扫地僧的引导下，旺秋维赛和佳姆萨朵黛踏进寺院的重重庭院中。两人在佛堂净手焚香，拜了几拜，忽闻远处传来争执声，怎么听都像是自己儿子的声音。

夫妇俩对视了一眼，连忙循着声音的方向走去。

佛堂后面的柳树下，一张气鼓鼓的小脸，红晕蔓延到了脖子。

“上师让我打扫院落，你可以让开一下吗？”

“落叶下面蚂蚁那么多，你把它们扫走怎么办？”

“我只是完成上师交代的任务，绕过它们就好了，再说它们自己会找到回来的路。”

“不可以，我不会让你扫走它们的！”

……

玛尔巴认定小沙弥扫地定会伤及无辜，索性直接拖住他手中的扫帚，踏在脚下。那小沙弥也不示弱，发狠捶着玛尔巴的前胸。

夫妇俩赶到时，他们正扭打作一处，小沙弥的头皮都沁出了鲜红色的血，佳姆萨朵黛不由捶胸顿足，大喊道：“塔玛旺秋！”

玛尔巴一怔，相对于父亲的严厉，他更害怕母亲近乎死寂般的绝望眼神，连忙住了手，可脸上仍浮着不逊的神色。

“这个冤家脾气硬，嘴也硬，学识再高又有什么用！这么造孽，总有一天会遭到报应的！说轻了咱家的田产房屋都得让他败光，说重了他自己连同我们的性命都得搭在里面！”一向不出恶言的旺秋维赛大动肝火，说罢垂手长叹，他原本认为经由这段时间寺院教育的磨砺，玛尔巴的心性会大为改观，可没想到这个冤家性子比以前还要烈。母亲佳姆萨朵黛在一旁什么话都不说，只是低垂眼帘望着满地落叶。

鲁杰巴勤上师闻讯赶到时，大家的情绪基本都已平复。旺秋维赛把玛尔巴的小手攥在手心，向上师行礼道：“这些天叨扰上师了，我这次决定带他回家，再好好管教管教他才好！”

上师仔细查看小沙弥头上的伤口，见是皮外伤便放下心来，让人拿了些草木灰为他敷上，扶到房中休息。

玛尔巴见小沙弥安然无恙，鼓起的嘴终于松动——这一次，他也被自己的怒火吓到了。

原来情绪真的是这样可怕的东西，来无影去无踪，看似了无痕迹，却在瞬息之中决定了所有事情的去向。虽说生命并无高低贵贱之分，但自己为了捍卫一众蚂蚁的生命而险些害死一条人命，想来也是不对的。

“这孩子心并不坏，只是莽撞了些。都怪为师的管教不严，让二位担心了。”鲁杰巴勤上师缓缓道，“心性如同决堤之水，倘若不能阻拦，则当因势利导，一味阻塞恐怕只是缓兵之计啊！”

虽然上师的话句句有理，可对玛尔巴这样放任下去，难保不会出人命，旺秋维赛最终还是决定将他带回家教育。纵然死命挣扎，玛尔巴终是被父亲一路拖回了家，母亲匆忙将他的随身物品收拾停当，紧跟其后。

炉灶上木碗凌乱，母亲一向手脚麻利，若不是急着见他，定会是另一番景象。

家人冰冷的面孔仿佛在过去和未来之间竖起的透明高墙，玛尔巴想要伸手触碰，却无从打破。这个原本浸透着想念的寄托之所，尚有余温，如今只能让玛尔巴陷入沉默。

每个试图以外在的狂躁捍卫内在丝绒般柔软的灵魂，总会在某一个瞬间，与孤独短兵相接。这孤独无可消除，一寻到合适的通道便会喷涌而出。

父子二人都抱持着自以为正确的看法枯守了一夜，清晨父亲干裂的嘴唇一开一合，哑声道："我看啊，你最好能投靠远方的一位上师求学！"

人与人之间距离太近时，嫌隙、抱怨、撒娇等种种便会滋生，拉开距离就是最好的办法。

只是年少的心喜欢穷究内里，自然认为这种不治之治是含糊其词的敷衍。玛尔巴心想，他们都讨厌我，要抛弃我，离开就离开，有什么可怕的！便负气道："父亲随便安排，我自当谋求自己的出路！"说罢摔门而出。

旺秋维赛脸色涨红，嘴上喃喃不已：这孩子终究还是硬骨头，像玛尔巴家族的男子汉！佳姆萨朵黛白了他一眼，放下手中的针线，气喘吁吁地追出门去。

孤注一掷的决定

太阳尚未升起，夜色冷清，无家可归的一轮明月在城中晃荡，佳姆萨朵黛与它结伴而行。她一面呼喊着玛尔巴的小名，一面在寒风中疾走，空气中飘散着轻柔的薄雾，轻纱般拢住她稀薄的视线，回音在旷野中辗转，没有应答。

清晨第一道阳光尤为刺眼，村口人家的羊圈中鼾声大作，不识人世的小羊咩咩乱叫，佳姆萨朵黛循声赶来一望，那睡得忘乎所以的人正是自己的小儿子玛尔巴。

睡梦总会拿掉人脸上硬邦邦的外壳，内在的真实由此便一览无余。玛尔巴脸上一派天真的神情，口水四溢，拳头却紧攥不松。一只小羊毫不见外地舔着他脸上的口水，母亲在一旁哭笑不得。

麻痒痒的感觉终于把玛尔巴弄醒，他怒喝一声将小羊赶走，随即看到母亲笑得如孩子模样。

在母亲的软语劝说下，玛尔巴心中的怨气烟消云散，同意暂且跟她一起回家，但只有他自己心里知道，离家的决定已如磐石般不可转移。

随母亲一路回到家中，父亲已起身在院中踱步，一面吃着糌粑，一面用手捻成小团投给庭院中几只闲庭信步的松鸡。看着松鸡的头快速起落，旺秋维赛一脸若有所思的模样。

“父亲，我已经决定即日远行寻访名师，请赐予我旅程、拜师所用的资财吧！孩儿即刻启程，不学成誓不归家！”玛尔巴拱手行礼道。

与其在牢不可破的狭小空间内辗转腾挪，不如大步流星于旷野之外来得自在，远行于他，有着力透入骨髓的深刻意味。他体内沸腾的热血，惯于为内心的种种定见所驱驰，哪怕风餐露宿、魂飞魄散都在所不惜，却不愿对世俗的偏见惯例的藩篱终日俯首称臣，郁郁寡欢。

“儿啊，要不向你父亲和鲁杰巴勤上师好好求个情，再回到寺院如何？”母亲拉着玛尔巴的手臂摇晃着，向丈夫投去哀求的眼神。

对柔肠百转的母亲来说，孩子的一举一动无不是心中惊心动魄的大戏。虽知终须一别，但她还是想把孩子留在身边，能留多久就留多久，这是一个母亲最后的一点儿私心。

旺秋维赛似乎没注意到她的眼神，只是连连点头，然后自顾自地摆手叫来仆役，耳语几句后径直朝玛尔巴走来。

玛尔巴见父亲双眼泛着血丝，眼珠如木球般浑浊滞重，顿觉胸中烦渴。他故意忽略父亲将要落在他肩头的手掌，不给他任何表达温情的机会，径直走入房门打点行装。

玛尔巴再次走出房门时，一匹配着紫檀木马鞍的高头大马在门外恭候已久，一头肥壮的老牛驮着鼓鼓的包袱一声不响。玛尔巴知道，这马是父亲最心爱的一匹，牛身上的包袱虽用最粗劣的麻布包裹以避人耳目，但仍能看出其中沉甸甸的分量。

玛尔巴单手勒住马嚼，大步向前走去，身后老牛亦步亦趋。家人挥手的身影渐渐模糊，空气中藏香的气息扑面而来，他第一次感觉到风是自由的，而他，是属于他自己的。

或许每个孩子的生命中都要历经一次远行：告别故乡，去往他乡，孤立无援的处境，走进生命的陌生面孔，内心时时暗涌的波涛，以及对自由一如既往的追寻。

道路在足下延展开来，土地的肥沃源源不断地滋养着年少渴求的心，人便会清晰地听到自己体内拔节的声响，成长的课业便在不动声色中一步步完成。

从挣扎质问，遍寻生命的答案，到与自己握手言和，不再让外在标准左右自己的内心，自然得一如莲花的开落。

一些道理，有人用尽一生时光，有人顷刻便可领悟，可也不过是各自遵循着自己的花期而已。

眼前的路逐渐变得荒凉，集市上的人都散了，只看得到天边夕阳和燃烧的云彩，玛尔巴翻身跨上骏马，一手牵引低头走路的老牛，径直往地平线的方向走去。

第三章　临别，亦无风雨亦无晴

梵文老师卓弥译师

告别了日日念经、睡觉、吃饭、做法事的生活，远离父母严苛的眼神和管束，终日在俗世穿梭逗留，玛尔巴年少的心渐渐品出生活的乐趣来。

一连几日，玛尔巴白日奔波寻访名师下落，夜晚便在旅馆下榻，内心的欢愉逐渐为焦躁所替代。眼见资财渐少，可上师仍然无迹可寻，玛尔巴只能在夜深人静时，翻开父亲临行打点的包袱：除了牛马，另有印制《大般若经》十六函所需纸张两驮、黄金一两、银瓢一把、织锦一匹。

对眼下的玛尔巴来说，时间就等同于金钱。时间拖得越久，能供养上师的资财就越少，自己求得的佛法也就越少。

世事往往在山穷水尽之际峰回路转，一日玛尔巴从饭馆旁人的闲聊中，得知刚从印度求法回来的卓弥译师回到芒喀的消息，眉间蹙起的小山瞬时夷为平地，他当即备好干粮，不日便到了芒喀古垅寺门前拜访。

卓弥译师全名卓弥·释迦益希，是藏传佛教后弘期有名的译师，萨迦派教法的实际创始人。11世纪初，洛敦·多吉旺秋在后藏地区建寺收徒，同时派出一批青年到印度学法，卓弥即在此列。卓弥将梵文学好后，方才到印度超岩寺拜辛底巴为师，学习密法达八年之久，其后从弥图达瓦大师的徒弟及噶雅达热大师获得道果教授，成为当时藏传佛教系统传授道果的第一人。玛尔巴上门拜访之时，正值卓弥译师声名正盛之际，前来找他传法的弟子摩肩接踵，求法的资财便也水涨船高，不少人因囊中羞涩败兴而归。

到底送给上师多大分量的礼物才算合适呢？自己资财有限，开始送太多怕后面的学法难以为继，送太少又担心被拒之门外。

考量再三后，玛尔巴终于敲响了寺院厚重的大门。

他献上两驮纸张连同驮纸的老牛，双手伏地向上师行顶礼，埋头朗声倾诉自己的求法缘由，虔心期待上师能给予自己灌顶[①]，传授精妙佛法。

望见卓弥译师嘴角浮起的淡淡笑意，玛尔巴心中悬着的一块巨石终于落地，他以为上师的默许便是同意。

再次住进寺庙，玛尔巴对这来之不易的机会尤为珍惜。上师从印度千辛万苦归来，求得的定是绝世的好东西，自己定当学出个样子来，狠狠地回击那些曾嘲笑、看轻自己的人。

新鲜的感觉并没维持太久，日子很快便遁入了水一样的平实。玛尔巴日日跟随众人起居作息，聆听上师教诲。卓弥上师尚未将他期盼的灌顶和传授赠予他，而是将他带入了梵文直读和印度语的世界。他早年便是由语言学习入道佛法，自然认为这是颠扑不破的真理。

对于刚刚学了三年藏文的玛尔巴来说，这不知是福还是祸。不同的语言之间虽大相径庭，但其结构和学习方式大多相近，对语言学习颇有天赋的玛尔巴自然轻车熟路；但另一方面，自己本心即为求得珍稀的佛法，上师迟迟不给予灌顶教授，是不是对他的供养不满意，因而拖延时间呢？

玛尔巴这一路上颠簸，已经渐渐明白人心的奇诡永远在自己的想象之外。他不得不审慎一些，能走一步看两步自然最好。

因为心中存有疑虑，所以每次见上师澄明若水的目光，玛尔巴总会觉得心有愧疚。卓弥上师为他逐字逐句修改习作，从未厌倦，对于他学习上的错误总是谆谆相告，未曾对他白眼相加。

既来之，则安之。玛尔巴由此便在古垅寺安心住下，每日跟随卓弥上师在梵文、印度语和藏文之间自由转换，长此以往，无论是口齿还是书写都灵

① 灌顶：佛教密宗用语，有驱散、注入之意。修习密法前，必须要有一位具足实证资格的上师设本尊坛城，让修行者了解此本尊的实修方法。

便许多。从上师口中，玛尔巴获知了印度不少有趣的见闻风俗，渐渐感知到印度文化的诸多新鲜、神秘和诱人之处，这些记忆慢慢在他心中浇筑成最初最美的基石，构建着玛尔巴内心神圣庄严的庙宇，他此后往返印度三次，求得无上佛法，无不得益于此。

多年之后，玛尔巴站在记忆的洪流边上，想起自己在古垅寺求学的经历，还不由得感慨："在吉祥牛古垅寺的卓弥译师前学习声明和诵语，恩惠非小当尽知。"

无大供养，无圆满佛法

人性的奇妙之处在于，我们信任别人，有时并非因为对方着实可靠，而是因为不愿承认自己的决定有错。在这种奇妙的心理作用下，玛尔巴跟随卓弥译师学习了三年之久，梵文和印度语都达到了相当精湛的程度。

一次法会上，卓弥上师当着一众弟子的面，对玛尔巴的梵文赞不绝口。众人的注视让玛尔巴面容羞赧，但他心中埋藏已久的想法早已瓜熟蒂落，该是做决定的时候了。

在当时的后藏地区，没有源源不断的黄金供养，求到称心如意的佛法简直比登天还难。

10世纪左右，西藏地区逐渐从战乱和灾荒的状态中抽身出来，趋于安定。封建经济便在这种稳定平和的土壤中渐渐吐露出生机，不少自耕农开疆拓土，耕作技术和效率不断得以提升。而在另一个层面上，一度的战乱兼并将地域的制约和人们心理上的藩篱慢慢融化，各地的手工业和商业也蓬勃发展起来，卫藏的粮食、氆氇，西藏北部的马等带有地域特色的商品交换越发频繁，贸易成为藏族百姓生活中随处可见的风景。

物质上的富足唤醒了人们对于精神世界的渴望，一度被废黜的佛教再度在人们的记忆中闪光。重拾信仰的人们笃信，从印度远道而来的佛法能够拯救人们的灵魂，也能让破败的家园重获生机。世俗的统治者为了让民心安稳，不惜花费重金迎请外来僧人传法，不少本土僧人踏上去往印度、尼泊尔的求法之路，学成归来后在富庶之所修建寺庙、收徒弘法，他们获得的供养便成为佛法弘传必要的动力支持。

黄金，以它经久不变的价值、温厚扎实的质地，成为佛法弘传历程中不可或缺的重要媒介。大量的需求有效刺激了当地黄金开采规模的扩大，“在阿里的古格、北部洛丁两地开采金矿的规模也很大，形成了传统工矿业的特色”。

玛尔巴从众人口中得知，若想求得全部无我母[①]灌顶，需要向上师供养十五头牦牛。哪怕只求一个独髻母[②]的加持，也需要一两头牦牛。即便弄到了足量的供养，卓弥上师恐怕也算不上称心如意的上师。

法缘，如风一般可以感知却难以碰触。凡人之间尚且讲究心灵相通，更不要说以精神为高地的佛法了。玛尔巴冥冥中感到，自己和卓弥上师之间并无法缘，却和遥遥万里外的那若巴等印度上师心意相通。

卓弥上师的夸赞好似一记冷拳，他心中不愉快的记忆倾巢而出。

玛尔巴一直心心念念卓弥上师的藏书《空行母金刚帐本续》，每次学业精进，或是见上师喜上眉梢的时候，他便毕恭毕敬地向上师请求借阅几天再归还，可卓弥上师只是在房中踱着步，用蹩脚而荒唐的理由搪塞着他，真是让玛尔巴大开眼界。

炽热的自尊心烧光了如水年华的最后一滴迷惘，玛尔巴再也无法压抑内心的呼声了，他要离开这里，去印度寻找与自己法缘具足的那若巴上师。

生命中最艰难的，其实是下决定的一刻，此后无论是坦途还是深渊，都不复苦痛。

除了一路跟随的骏马和紫檀马鞍，玛尔巴将父亲赐予的财物打点成包裹，来到卓弥上师居住之所，叩响了木门。

卓弥上师正闭目养神，玛尔巴将礼物高举过头顶双手献上，上师面无表情，只是用手指了指身旁的茶几。

玛尔巴见上师一言不发，自觉没趣，便将包裹轻轻放下，转身就要往门外走。

① 无我母：佛母之名。
② 独髻母：即吉祥天母、蓝度母，密教中护法神之一。

木门吱嘎半开，玛尔巴忽然感觉有人呼喊他的名字，耳边未闻其声，心中意念却能清楚地感知到，不由得猛然回头。

“玛尔巴，你我师徒一场，为师并非完人，定有让你愤恨恼怒之处，请你多多担待吧！我一生成就也不过如此了，但你还有大好年华，切莫辜负了时光，辜负了自己。只是临行前为师尚有一言相告：你心思敏于常人，但太容易轻信他人，若不小心提防，日后定会遭人利用、受到牵连，望你能时时谨记，凡事当如履薄冰，总不会有错。”

上师如此好言相劝，玛尔巴自是惊喜万分，忙躬身再三行礼，方才离开。

玛尔巴牵着马儿走出寺门已是黄昏时分。

日落西山，马儿嘶叫着，他一手抓住嚼子，回身一望，三年前寺门旁的小树尚未及膝，如今已亭亭如盖。树枝上攀，摩挲着他的肩膀，仿佛想要努力为远行人焦躁不安的心投下绿荫。

被拒绝的诚心

行至拉堆绛的达孜地方，玛尔巴将缰绳放到一位慈眉善目的老者手中，掂了掂手心黄金的分量，最后一次摸着马儿油亮粗硬的鬃毛，向这位一路陪伴、从无怨言的伙伴告别。

如果不是急于去印度寻访上师，玛尔巴是定然不会为了钱财卖掉它的。他长叹一声，迟疑地回头。马儿嘶鸣起来，扑闪的睫毛下，一双哀伤的眼睛看得分明。

玛尔巴驻留片刻，最后还是大步朝集市出口走去，只在夕阳中留下一抹颓唐浓重的背影。

抛开一切恐惧，义无反顾地踏上印度求法之路，这是自己心中确定无疑的路吗？

自己想的，真的就是自己内心想要追寻的东西吗？

这是玛尔巴有生以来第一次面临人生的分岔口：往前一步，艰难重重；退后一步，心有不甘。

思绪变化万千，但人的心总不会欺骗自己，一有机缘，便会自动寻觅同声相求的东西。

未行几里路，玛尔巴就得知，当地息尔寺恰有一位来自后藏桀普地方的大德，其名洛迦觉色，应弟子之请来此传法讲学，近日完成传法，正要返回桀普地方。

玛尔巴心想，达孜当地人对这位大德的人品学识交口称赞，他又不缺少资财供养，能得此人相伴，可谓三生有幸。我可以先随他而行，届时再向他如实相告。

凡事无论胜算多少，都应当全力以赴，试他一试，这是玛尔巴秉持的人生观。

眼下玛尔巴别无选择，他径直徒步行至息尔寺，费劲周章，终于得以与洛迦觉色相见，表明自己愿意做他的弟子，随他去桀普。

洛迦觉色清苦出身，又经佛法熏染，对患难之人自比常人多了一份体恤，又见面前的青年眸子中正，语带谦卑但无丝毫软糯之气，心中暗暗钦佩，当即爽快应允下来："我定当全力支持你，不必为此心生忧虑。"

远途传法，资财自然丰厚，洛迦觉色的吃穿用度皆有弟子悉心打点，玛尔巴也一并沾光，沿途必要的干粮、茶叶及役使骡子一应俱全。

到达桀普后，玛尔巴心想，洛迦觉色真乃言必信、行必果之人，对于赤诚之人，我一日不如实相告，一日就难以睡得安稳。刚到洛迦觉色常住的寺庙，玛尔巴便上前行礼，清清嗓子道："不瞒师父，弟子发了宏愿要到南方的印度学习佛法，这次一路上承蒙您照顾，荣幸之至。倘若我此后性命无虞，希望还能得到您的帮助。"

洛迦觉色捻动手中发亮的佛珠，语带悲伤："我已是行将就木之人，此生能否再见，茫然若星辰般难以预测。不过，只要你不嫌弃，这里永远是你的家，我的儿子们定会悉心招待你的！"

带着洛迦觉色赠予的一两赤金和一匹氆子[①]，玛尔巴踏上了返乡筹金之路。手中金子虽然远远达不到所需之量，但心中已不再似先前那般慌乱。

村口的老树枝繁叶茂，弯曲着手臂目送阵阵晚风，小河依旧欢畅，玛尔巴终于在夜幕降临前赶到了洛扎。河水清澈见底，泛着柔光，玛尔巴心中涌出苦涩的味道，他多么想纵身一跃，将心中所有烦闷和委屈冲得一干二净。

时光一去不复还，它擅长做最精细的买卖。年岁渐长，人心的欲望便日益增添，倘若想要遂愿，便得拿天真来换。而其间的种种限制，也不过是来自人的内心，来自被万千浮华表象搅动的混乱内心。

---

①氆子：西藏地区一种羊毛织品，可以制成衣服、被褥。

玛尔巴心里清楚，他不再是离家时那个懵懂、心地干净的少年了，连日旅途劳顿和风霜打磨着他，泛青的胡楂更为他增添了几分沧桑的味道。但他庆幸自己的心不再为万象所牵动，不再惶惶不可终日。去印度求法的笃定一如火焰，在他心中燃起，灼热，然而让他甘之如饴。

玛尔巴远远地望见自家院落冉冉的炊烟，母亲在院子中央拿着食盆喂鸡，她的背好似比以前更弯了一些，鬓角苍苍。玛尔巴奔跑过去大喊着母亲。

佳姆萨朵黛愣愣地松开了手，任由手中的食盆落下，松鸡们你推我搡地从四面八方涌来，同玛尔巴一起将她团团围住。她的小儿子已经长成了大人的模样，她扶着他的肩看了又看，乐不可支地向家人们通知这天大的消息。

顷刻间，父亲连同一众兄弟姐妹便已聚集到他的身旁，你一句我一句地寒暄着。玛尔巴开心地讲述，差点儿忘了自己回家的目的。

“塔玛旺秋，给大家讲讲你这些年都学了什么吧！”父亲轻咳一下，屋里瞬间鸦雀无声。

玛尔巴猛地想起自己回家的目的，顾不得温习这陌生的熟悉，便向父母开口央求道：“孩儿这三年来已将梵文和印度语学得滚瓜烂熟，我要去印度学习佛法，请父亲将我应得的那份田产房屋都换成资财给我吧，我要当作旅费！”

父母脸上喜色未尽，便又愁云满布，兄弟姐妹们交头接耳地议论开来：

“去印度学什么佛法啊？”

“就是，学佛法又能做什么呢？总不会剃了光头做和尚吧！”

嬉笑声在姐妹间四散开来，父亲向他们使了个眼色，正色道：“你真是想一出是一出，你非要学法，在这里好好修习就行了，去什么印度？否则就在家和我一起种地得了，我看你这三年心性大为改善，可莫要追逐那镜花水月一样的东西啊！”

听得父亲的一番话，往日的不愉快重在玛尔巴心中浮起，他回嘴道：“在我临走前，您老人家让我去远方寻找名师，不是说越远越好吗？如今孩儿正是遵循父亲之命，前去那遥远的印度，投奔各位学识智慧俱佳的班智达大师！”

父亲叹气，站起身来再度劝说，口气较之前缓和了许多，母亲和一众兄弟姐妹也轮番上阵，玛尔巴感到自己如同被投入大海中的一颗糖，哪怕再甜，也难以改变海水中苦涩咸腥的深重味道。

他已下定决心不被他们改变，任凭家人们说得口干舌燥，也只是简短地回一句：“我要去印度学法！”

家人们望着玛尔巴如石头般冷峻的面色，心中隐隐生出一种畏惧的恐慌。

欺骗还是慷慨

“在我们的心里或许有一把旺火，可是谁也没有拿它来让自己暖和一下；从旁边经过的人只看见烟筒里冒出的一缕青烟，不去理会。”荷兰画家凡·高在给弟弟提奥的信中如此写道。

人，生而孤独。倘若不想失望，最好不要寄望于别人的理解。

家人们声如洪流，就要将玛尔巴湮没，玛尔巴淡淡地看着大家，终于明白：将自己珍视的东西摊开给人看，本就是一件危险至极的事。或许得不到一点儿应和，甚至反而得到满满的愤恨嘲笑，自己若不起身捍卫梦想，便没有人能够守护它了。

玛尔巴转身，目光坚定不移地投向父亲，执意请求着。父亲眼中仿佛有什么东西松动了一下，既而转成一声长叹，终于应允了他。

玛尔巴当即将除田地、房屋外的家产换成一十八两赤金作为学费，以便贴身携带，未足一日，他要远去印度的消息已经在村里传得沸沸扬扬，甚至还有两个年轻人慕名前来请求与他同行。家人们见玛尔巴主意已定，没有任何回旋余地，反而放下心来。

启程之日就在眼前，母亲准备了可口的饭菜为玛尔巴饯行。

高原的山峰常年覆盖积雪，而印度则是终年燥热酷暑，从家乡到印度一路尽是沙漠草原，人烟稀少，时有兵匪出没，只能将生命寄托于瞬息万变的自然，所有远行也就因此带有生离死别的意味。

卓窝隆村男女老少都知道这个道理，唯有玛尔巴好似对此一无所知。

家人们的温暖叮嘱，觥筹交错的瞬间，眉目舒展的笑容，仿佛都融化于一碗清冽的青稞酒之中，带着浓烈的万千思绪，只一杯便让玛尔巴不辨南北。

可叮嘱再温暖，也无法驱散旅途的风霜，玛尔巴脸上泛起两朵红晕，不让任何人相送，握紧缰绳，便去村口与两人会合。

月色如水，披附在玛尔巴远行的背影上，久久不散，哪怕此后将是漫长一生的告别，谁又能阻止他的脚步呢？

在村口等待许久，玛尔巴也未见到两位伙伴，一个黄髫小童送来口信，原来这两位同伴禁不得家人的百般劝阻，已选择在家认真务农、接管家业。玛尔巴苦笑一声，再度踏上一个人的旅途。

清冷的月夜不适宜赶路，倒不是因为目力所及有限，而是太容易勾连出情感的孱弱。多少年后，玛尔巴仍然想念这个孤身离开的夜晚。

行至娘堆的仄乃肇地方，一位骑着高头大马、衣着华美的中年男子拦住了他的去路，高声问道：“你从何处来？要到何处去呢？”

玛尔巴本不欲理睬，但见他颔首扬眉，言辞中颇为谦和，便高兴答道：“我从洛扎地方来，要到印度去学法。”

“去印度啊，那可需要不少金子啊，你有吗？”

玛尔巴心中生起防备，心想，这人言辞和善，却句句不透露自己的底细，我就同上次一样编个谎话搪塞过去，如果确定他真是像洛迦觉色一样可信的人，再如实相告也不迟。

“我身上带了金子啊，不过只有一两钱而已。”

“这么一丁点儿金子完全抵不上什么用处啊！俗话说，‘水槽没有半滴水，想要解渴也枉然’。到印度学法须得大量金子，你可听说？若是没有，去了也不过空忙一场。我也要到印度去，还有不少金子，如果你愿意做我的仆人的话，我愿意把金子拿出来和你共享，你看如何？”男子将自己的身份如实相告，神情恳切。

旅程漫漫，有人相伴实为难得。这位聂译师性格倨傲，但看起来并非无礼之人，况且大丈夫能屈能伸，念此，玛尔巴将怀里的金子紧了一紧，豪爽地应答下来。

第二卷

证悟｜忘却是一种自由

我的心从不设防，

因而一再受伤。

恼羞成怒的余烟消散，

我听到心中流淌的汩汩清明。

第四章　前世时差，此生偿还

听法的宿缘

连绵的雪山如同纯白的丝带蒙住远行人的视线，耳边呼啸着穿透骨髓的寒风，玛尔巴和聂译师心中皆是一惊。

这条终年被积雪覆盖的山脉，连最善于攀援的猿猴都无计可施，最吃苦耐劳的马儿都会反复跺脚，不愿再向前半步。任凭亚历山大大帝雄心壮志，到此也会失去征服的勇气。可对于常年穿梭于大漠雪山间却不以为苦的僧侣来说，心中纯净火焰般的信念不灭，求法就指日可待。

两人行至山脚下，一位黝黑肌肤、皱纹满面的老妇人用手杖点着地面，告诉玛尔巴：要想翻越被世人视为天险的喜马拉雅山脉，必须找经验丰富的带路人指点，否则，一步走错就可能葬身谷底。

两人相视点头，聂译师抛出重金四方寻访，终得一位经验丰富的壮年男子相助，他们从一个相对低矮的山坳缺口处一路行进，终于到达尼泊尔境内。

来自热带的干燥空气渐渐钻入毛孔，玛尔巴不由得打了一个冷战。路上袒胸露乳的男人日益增多，女人们头顶陶罐在街上自在行走，沿途随处可见大大小小的佛龛和佛像。

7世纪的吐蕃时代，尼泊尔的尺尊公主带着释迦牟尼八岁等身像款款走入西藏地区，将佛法播撒在藏族百姓心中。尼泊尔和高原另一端的居民因佛法结缘，经济文化等方面的联系日益紧密，除了因战争短暂中断，往来于两地间的僧侣、商客一直连绵不绝。

当时尼泊尔正处于李查维王朝的统治下，社会总体上比较稳定，同时正值西藏经济和佛法复兴时期，僧人们带着大量黄金争先恐后地踏上去往印度、尼泊尔的求法之路，从佛教缘起处捧回珍贵的佛法，好生供养。

但凡陌生的东西总让人心生恐惧，继而赢得莫名的好感，而一旦熟识起来便不免轻薄戏谑。僧人洪流般的涌入，让山那一侧神秘的传说开始变得索然无味，尼泊尔人开始在山那边的居民身上搜刮更有嚼头的趣闻，在他们眼中这些奇装异服、行动笨拙，没走几步路就牛喘起来的人，无疑是绝好的故事材料。

二人二马皆是耷拉着眼皮，有气无力的模样，在纷纷扬起的灰黄色尘土中拖着沉重的脚步行走。

切肤之痛，熬过一时便可烟消云散，人甚至会在这种痛苦中觉察到自身不可战胜的信心。然而气候变幻却如扎进喉咙的小刺，肉眼难寻，钝痛却着实令人发狂。

山沟处小河蜿蜒流淌，氤氲着清凉的气息，旅途中交谈甚少的两个人难得默契地相视而笑，跳到河边痛饮一番，两匹马儿也撒欢地紧跟其后。

短暂的清凉让玛尔巴的精神为之一振，他的面容映在水中，从流飘荡，他在心中默念着：此次远行，即为佛法，切不可忘记初衷。接着回头望见聂译师背身在行囊中摸摸索索，目光闪躲，好似在检视什么不可示人的好宝贝。玛尔巴心想，这一路上有聂译师照应自己真是不错，可那眼神总好像带着刀子，虽然自己并未做过什么亏心事，可想起来还是觉得后背发凉。

河的另一边，人头攒动，隐约可以听到不绝如缕的唱经声，闻得到香火的芬芳。两人将靴子搭在马背上，挽起裤脚涉水而过，将马儿拴在小树边吃草，便加入到欢腾的人群中。

“请问这是在举办什么活动呢？”见聂译师跷着脚不动声色，玛尔巴连忙向前排一位佝偻的老伯躬身打听。

“这你都不知道？这可是尊者那若巴的两位尼泊尔弟子基特巴和本达巴

大师，正和弟子们转动会供[1]轮呢？你们若是前去，他们一定会欢迎，没准还会供给你们丰盛的斋饭呢！”

听到那若巴大师的名字，玛尔巴心中一动：原来人们所说的命运，不过是人在种种因缘际会中的选择罢了。

老伯热心地将他们向前拉着，被推搡着的人脸上多有不情愿，但仍为他们让开了路。玛尔巴连连朝周围的人拱手致歉，聂译师亦随他冲到了人群的最前端。

高座之上，基特巴正讲授着“密集”[2]的精妙之处，一掠而过的眼光忽地落到两位衣着厚重的藏族人身上，便伸长脖子喊道：“这藏族人也不知道有没有获得密宗的灌顶，这样私自听密法是有罪过的。”

见他们一脸虔诚的模样，本达巴忍不住想笑。这种忘我的专注，只会在两种人身上出现，要么绝顶聪明，要么蠢笨如牛。他猜想他们属于后者，恶作剧般应和道：“藏族人比牛还要笨拙，连我们尼泊尔的语言都听不懂啊！”

本达巴话音刚落，围观的人群哈哈大笑起来，玛尔巴不知道他们在笑什么，便也跟着笑了起来。直到众人的目光指向两人，玛尔巴才心慌意乱地在自己脸上身上检视起来，还以为是自己出了什么丑。众人见他的张皇模样，笑得更加厉害。

玛尔巴究竟涉世未深，一时间愣住不知如何是好，只好向聂译师投去求助的目光，却见聂译师面色凝重，拉着他就往人群外面钻。身后再度涌来爆炸般的笑声，玛尔巴百思不得其解，只好摸着空空的肚子，和聂译师到处寻找可以下榻的旅馆。

---

① 会供：指佛教宴会或宴会上的供养，藏传佛教中的会供迎请佛菩萨、护法神、天龙八部、芸芸众生四种宾客，满足味觉、视觉、听觉、嗅觉、触觉这五觉。

② 密集：汇集密乘道果所有秘密要义的法，也是佛教无上密乘中本尊之名。

内心宽敞，自有机缘

云来云往的天空染上夜的光华，带着金边的闪电在云层中肆意穿行，却不见星点雨滴，刚刚还朗声大笑的人群如鸟兽般仓皇四散，不复悠然。

玛尔巴翻身坐起，昨日在河边听法的情景在梦境中重现，他隐隐记得，天色大变时，聂译师口中喃喃不已。

“聂译师，咱们今天还是去昨天的地方听法、修集资粮吧！”用完早饭后，玛尔巴将壶中最后一碗热茶倒入聂译师杯中，观察着他脸上的风吹草动。

“你要去就自己去吧，反正我是不会再去了！昨天我担心你血气方刚干出蠢事就没说，他们以为我不懂尼泊尔语，就羞辱我们蠢笨如牛，殊不知他们尼泊尔人才是最蠢最笨的牛呢！”聂译师将手中杯盏猛地顿在桌上，引得旁人屡屡侧目。

玛尔巴环顾四周，周围人脸上并无异色，聂译师压低嗓音仍骂个不停，用手扇着风解暑，身子却一动不动。玛尔巴不想自讨没趣，只好一人走进干燥的空气中。

一切都仿佛和昨天没有差别，基特巴和本达巴仍如昨日一样谈笑风生，人群聚拢如熊熊篝火。玛尔巴的身体在人群的推搡中飘摇不定，一双眼睛始终紧紧盯着上师，如口渴之人品味每一滴水的甘甜。

直到法会结束人群散尽，玛尔巴仍待在原位置一动不动，眼神如远山般空寂邈远。

基特巴一眼便将他认出，用袖口轻轻掩着嘴角的笑意走上前去，以印度语询问道：“你可是昨日来听法的藏族人？你那同伴呢？”

听到基特巴的问题，玛尔巴方才回过神来，连忙躬身答道："他懂得尼泊尔语，昨日被本达巴师父的话激怒，所以今日未曾同我一起前来。"

"既是如此，他与我定然没有法缘，不来也罢，你自己来正好。"基特巴宽厚的手掌拍在玛尔巴的肩头上，他已看准这个年轻人学法的诚心坚如磐石。

基特巴将佛法僧三宝、色受想行识五蕴、苦集灭道四谛[1]娓娓道来，还将吉祥四座法、往生夺舍法和推萎天女的随赐法等传授给这位徒弟。昨日还取笑他的本达巴上师，也无所隐瞒地将翻译知识教给这位求知若渴的弟子。

这些佛法根基，如种子般深藏在玛尔巴的心中，假以时日必将破土而出。

玛尔巴尚未拿出供养，就获得两位上师如此谆谆教导，心中不胜感激，伸手摸了摸贴身衣袋中被体温捂得滚烫的金子，从中拿出两小块捧在手心里献给基特巴和本达巴上师，说："弟子现在身上没有那么多金子，只能给你们二人各供养一两金子，还请两位上师体谅。"

"你想要求佛法却没有充裕的金子，最好就不要供养给为你传法的其他上师了。如今世间佛法堪称圆满的人，除了那若巴大师再无他人。"基特巴和本达巴原本就是轻财之人，见他眼中满满的诚意，和颜悦色地告诫于他，并将那若巴大师种种功德讲给玛尔巴听。

投缘之人相交，总会惊叹于时光的匆匆。玛尔巴望着两位上师澄澈如水的目光，感慨自己何其幸运，能遇到这样毫无保留的上师，心中对那若巴大师的崇敬更深一层。

或许人心越是通透，越不会吝于将内心的瑰宝和众人分享。人的一生若有机会遇到赤诚相见的人，心便不会在时间流逝和世俗偏见中变得干枯易碎。

见玛尔巴眼中储满光华，两位上师目光交错，默契非常，本达巴上师冲基特巴眨了一下眼睛，清清嗓子道："论修为和功德，我师父那若巴可算得

① 三宝、五蕴、四谛皆为佛教中最为基本的佛理内容。

上释迦牟尼第二了，你若有心向他学法，我们两个完全可以为你引荐。不过你最好在此地住上一段时间，适应一下气候再去也来得及。”

玛尔巴双手合十向两位上师行顶礼致敬，他一路远行，逐渐蒙尘的少年之心，在这一刻被洗得透彻明亮。他还未曾见过这世间真正的善恶，尚不知人间最诡谲奇妙的即是人性。人性至纯至美之处，令人动容，足以点燃一个行将就木的灵魂；人性至丑至恶之处，足以使人堕入无边黑暗的深海之中。他只是单纯地相信，美好的东西都值得漫长的等待，哪怕耗尽此生时光，也是值得的。

适应等待，如同适应温度

635年前后，一位从东土大唐来的僧人玄奘踏上西行寻法之路，取道尼泊尔。或许这片孕育佛陀的土地埋藏了太多神秘莫测的往事，《大唐西域记》如此描述：“劫比罗伐窣堵国周四千余里。空城十数，荒芜已甚……伽蓝故基千有余所，而宫城之侧有一伽蓝。僧徒三十余人，习学小乘正量部教。天祠两所，异道杂居。”

玄奘或许曾亲手触摸过释迦牟尼身为太子时所居宫殿的围墙，在他坐禅入定的树荫下驻足，再经由蓝毗尼、迦毗罗卫、拘尸那迦等地到达印度摩揭陀国的那烂陀寺。

此后在诸多西行求法的僧人中，不少人沿着玄奘所行路线一路膜拜，他书写的《大唐西域记》，至今仍是尼泊尔、印度视若瑰宝的典籍，牵引着一代代慕名求法的僧人抵达内心的纯白之境，玛尔巴也不例外。

按照基特巴和本达巴两位师父的叮嘱，玛尔巴在名为帕巴新滚的地方安顿下来。

为了能顺利向那若巴大师求法，玛尔巴尽己所能地学习着求法必要的知识。在这个处处浸透着佛的气质的国度，释迦牟尼和种种高僧大德的佛法和逸事随处可拾，让玛尔巴如醉如痴。

尼泊尔的气候几乎没有中间状态，似冰的冷酷和烈火般的灼热并驾齐驱，空气潮热得无孔不入，一开始玛尔巴心焦难耐，只得反复用清凉的水冲洗黝黑发红的皮肤，一连几日只能喝些米汤勉强度日，低海拔地区的氧气毫不吝啬，玛尔巴和聂译师总是面色通红，一副喝醉的模样。

不知不觉中，玛尔巴和聂译师就在这里度过了三年时光。就在玛尔巴一心跟随基特巴和本达巴两位上师学法的同时，聂译师也四方奔走，但始终未曾找到称心如意的上师，只好在抱怨和挑剔中蹉跎过一日又一日。

玛尔巴渐渐摸清了此地气候的秉性，恢复了少年旺盛的胃口，喉结开始凸显，声音变得粗哑难听。身体的奇妙变化让他不知所措，心中的羞赧只能以坐禅的方式消解。

在时日中奔忙的人，或许无法确切了解当下行为的细微差异对于生命的意义，但生活总会不动声色地记录下一切。三年时光，酷暑中的等待已悄悄拉大了聂译师和玛尔巴学识见地间的差异，也让玛尔巴年少躁动的心慢慢平复。在空寂无人的夜里，玛尔巴总会走出门外，享受清凉的晚风。

浩渺的星空总会让人心境开阔，法国作家圣埃克苏佩里曾在《小王子》中写道："我拥有那些星星，因为在我之前从来没有人想过要拥有它们。"白日刻苦修习带来的充实感仍然萦绕心间，玛尔巴抬头仰望漫天璀璨星辰，它们似乎只为他一人所有，那是他一天中最幸福的时刻。

佛教密宗讲究种种仪轨和密法，但这一切的基础，无非是一颗不会轻易被扰乱的平常心。酷暑严寒、饥馑劳作不以为苦，反而能在其中品尝到丝丝甘甜，就是不吃斋念佛，也可以算得上接近佛性了。

玛尔巴身上可喜的变化被两位上师牢记心间。一日，基特巴见玛尔巴晨起打扫庭院，一举一动间，尘土尚未扬起，而地面早已光洁如初，不禁暗暗赞叹他心性机敏沉稳，于是挽袖提笔，给那若巴弟子沙弥喜饶僧格写了一封亲笔信，交给玛尔巴对他说："玛尔巴，你先把手中的扫帚放下，我已经给我的师兄写信向师父引荐你了，你和你的同伴今日即可启程了！"

玛尔巴没想到这一天这么快就来临，不由喜出望外，向上师连连躬身行礼。

第五章　向内行走，美梦似路长

信仰让他们分道扬镳

当玛尔巴欣喜而归时，聂译师正在房中百无聊赖地揪着草叶。三年的时光中他四处游历，破费资财结识了不少高僧大德。每当上师要求他从基础的佛法和打坐学起时，他总是嘀嘀咕咕，抱怨不已，进而心生怠惰。时间一长，尼泊尔的上师们都不敢给他传法了。此刻听闻玛尔巴有去印度寻法之意，他高兴得从凳子上跳起来。

几日后的清晨，玛尔巴和聂译师打点好行装，由基特巴上师派来的弟子磋格同行引路，踏上寻找那若巴大师的旅程。或许因为刚刚停歇的连绵细雨，空气中透着夜的清凉，滋润着炎热中跋涉之人干渴的心。

大漠孤烟，烈日灼人，几人连续行走多日，马背上盛水的皮囊一日日瘪了下去，玛尔巴感到浑身上下的水分都被阳光摄去，每行一步，如踏棉上，前行全凭信念。

大千世界，种种苦行，再怎么光怪陆离，在修法的人心中，也不过是恒常幻象。而年少的心，即使被强力抑止，也会在重重阻遏中寻到出口。

磋格手中拄着干裂的树枝走在最前面，他几次在尼泊尔和印度之间出生入死，玛尔巴始终紧跟其后，聂译师的眼睛则片刻不离马背上的行囊，行动因身上的金子更显笨拙，只能勉强赶上行进的队伍。

或许得益于佛祖的暗中庇佑，几人白日赶路，夜晚席地而卧，终于到达当时极负盛名的那烂陀寺。

曲径通幽处，一座七层佛塔直指蓝天。在重重绿树和围墙的掩映下，玛尔巴触摸着寺院外面粗粝的石墙，心灵震颤得不能自已。

那烂陀，作为古印度佛教中心和寺院的集大成者，始终如灯塔般汇聚着来自波斯、土耳其、希腊和中国等地的求法之人，规模最盛时共有学生一万名、教师两千名，图书馆藏书数量无与伦比，更涵盖神学、逻辑学、天文学、语法学、玄学、医药学和哲学等种种学科。自东土而来的玄奘、法显等僧人都曾在此流连忘返，更不要说初出茅庐的玛尔巴了。

他感到万千光芒在自己头上高速旋转，裹挟着种种经卷、佛法和佛像在他心中汇作一处，这光芒如同绝妙的神谕，成为建筑他内心神圣庙宇的魂魄。他不曾知晓，百年之后他心中的光芒连同这绝世瑰宝会一起埋葬在历史深处。

1139年，一支来自西亚的土耳其军队闯入那烂陀寺院，上千名僧人被害，无数珍贵书稿被付之一炬，大火连烧了三个月，冲天的火光让日月星辰都为之失色。此后，那烂陀寺便如同载满宝藏的沉船，被深埋于地下，直到19世纪考古学家们重新发掘，那烂陀的辉煌才为世人所知晓。

磋格将沙弥喜饶僧格的居所告知玛尔巴之后，就说："那若巴大师就在那烂陀寺之中，你可带着基特巴上师的亲笔信去拜访喜饶僧格，求得他的引荐。"说罢便启程返回尼泊尔，玛尔巴连忙躬身相送。

磋格已然完成自己的分内之事，接下来成功与否，就要看玛尔巴自己的机缘造化了。玛尔巴想，聂译师既然已经答应赐我金子，不如劝他一同供养上师，日后也可以互相照应。

远行和时日，的确是让心灵成长的最好方式。三年的打磨，令玛尔巴缜密有余，勇气尚存。对于满怀心愿的远行之人来说，有勇有谋正是此刻急需的精神力量。

望着玛尔巴若有所思的模样，聂译师不由大声清着嗓子，双手叉腰，喊道："这个人这么快就走啊，我也不知道该去哪儿好啊！"

"尼泊尔上师基特巴的班智达那若巴就住在这里，你不打算向他求佛法吗？"玛尔巴汗湿的手摸向怀间，珍重地拿出基特巴上师的亲笔信，展开看了看，满意地塞了回去，将一个问题抛给聂译师。

“那若巴虽然以前是博学的班智达，但后来又拜底洛巴①为师，改修‘古苏鲁行’了，我不想去他那儿。你要是和我一起走，我就把金子拿给你用；要是不和我走，一厘金子你也别想拿到。要知道，在印度，神通广大的班智达随处可见，我可要另寻高人了！”聂译师语气轻慢，心想玛尔巴身无分文，肯定会乖乖跟着自己走，此地一寸佛法一寸金，这道理他不会不懂。

聂译师人已走远，长长的背影在地上缱绻，仿佛留恋着身后的呼唤。

平日里性情和顺，可一旦遭遇困境，便会展露出连自己都无法想象的强硬一面。玛尔巴一声不吭，也不愿多做挽留，双目低垂，只听到聂译师脚踏落叶的声音渐行渐远。

与人相交，贵在同声相应、同气相求，倘若信仰出现背离，同行只会为彼此增添苦楚。玛尔巴循着磋格所指的方向，叩响了沙弥喜饶僧格住持寺院的大门。

一位满脸堆笑、大腹便便的中年男子展开玛尔巴手中的信笺看了看，热情地迎他进入上厅，以香甜的菜蔬饭食相待，还说：“上师那若巴现在不在这儿，他去拉帕尔了，但不久就会回来。这段时间你可以先住在我这里，就像两位法友在信中嘱托的一样，我一定会全力帮助你！”

窗外绿枝摇曳，屋内灯火冉冉，玛尔巴心中生出喜意，满怀期待。沙弥喜饶僧格的目光透着慈爱与关照，那目光如同以手指轻轻梳着猛兽乍起的鬃毛，让玛尔巴连日的焦躁消失得无影无踪，只祈盼着能尽快见到那若巴大师，了却平生最大的夙愿。

---

①底洛巴：古印度高僧，那若巴的上师，原名慧贤，曾做过榨油工，后修得密宗成就。

我的上师那若巴大师

洗得泛黄的床单、凌乱的经书以及爬满窗台的藤蔓，这便是沙弥喜饶僧格的居所。一个人的内心如风幡一样影响到他周身的气场，而他所处的外部环境反过来也是内在的镜子。玛尔巴只觉得眼前的一切简单、明朗，自在安然，如同和喜饶僧格其人结交一般，让人心神爽朗。

只是，一日未见到那若巴上师，心就无法安定下来。玛尔巴时常在庭院中来回疾走，借以缓解内心的焦躁，时不时与沙弥喜饶僧格在回廊相逢。沙弥喜饶僧格眼底含笑，仿佛能一眼刺穿玛尔巴心中的所思所想，玛尔巴只好讪讪苦笑着行礼，告诫自己收摄心神。

沙弥喜饶僧格行事低调，乍一看个性平常至极，但身边总聚集着一群神通广大的朋友。其中一位班智达心性透彻，能观测到远方和未来的种种变化，与玛尔巴曾有一面之缘。他在沙弥喜饶僧格耳边低语道："今后几天中，将会有一位使者来到这儿，我们的师父也要到布拉哈日了。"

果不其然，预言在第二天破晓时就应验了。一位衣着朴素、目光炯炯的游方僧来到沙弥喜饶僧格面前，拄着手杖道："你这里可是住着一位山那边来的僧人吧？速速带他去吧！"说完便径自离开了。

云游四方之人不为俗世所累，沙弥喜饶僧格回想起昨日班智达的话，断定这确是上师的旨意，于是连忙召唤玛尔巴收拾行装，即刻启程。

一觉醒来便听闻如此佳音，玛尔巴将随身物品胡乱塞入行囊，跟随两手空空的沙弥喜饶僧格赶到布拉哈日迴梅朵坚白城的金山寺。

两人到达金山寺时，正午阳光似火般热烈，整个城池都沐浴在金辉之中。金山寺傲立于山巅之上，偶有飞鸟扑扇翅膀，在浮云中时隐时现。

上山的路仅此一条，陡峭的石阶粗糙干裂，一步是坦途，一步是地狱。玛尔巴心都提到嗓子眼了，但见到平日行动粗笨缓慢的沙弥喜饶僧格如履平地，心有不甘，心想，我可是翻过冈底斯山的人，怎能被这最后的小小阻碍吓退呢？如此想着，玛尔巴也踉跄着攀升到顶峰。

沙弥喜饶僧格单手叩门，来开门的小沙弥手中提着扫帚，头皮微微泛着青色，见到两人竟是半晌说不出话来，急得直挠头，想必才来不久。

沙弥喜饶僧格笑着拉过他的手，在他掌心轻轻画下什么符号，小沙弥如触电般松开双手，连忙躬身合掌，将两人恭迎入门。

玛尔巴百思不得其解，来不及发问，就被带入了大殿之中。

鼻息间萦绕着香火气息，足下踏着松软的毡垫，满目金灿灿的神佛之像，玛尔巴从未想过自己会离梦想如此接近，心神仿佛都被这曼妙的气氛吸走，脑中一片空白，痴痴地望着前方。

那若巴双腿盘坐，两眼紧合，双手结成智慧手印放在膝盖上，面容呈现出一种奇异的静谧与舒展之姿，声音如洪钟般嘹亮："喜饶僧格，来，将他带到我面前吧！"

沙弥喜饶僧格用眼神示意着玛尔巴，见他还呆站在那里，不由眉头微蹙，拉着他的袖口将他引至那若巴面前。

那若巴大师缓缓睁开双眼，见到眼前这个目光羞涩、神情坦荡的孩子，心中说不出的畅快，招手让他走近一些，又见他双目粲然，似有星辰大海，更是欢喜。

心中埋藏着绝世珍宝的上师就在眼前，玛尔巴想起这几年来翻越雪山、夜宿大漠，忍受过饥寒，也识得了人心的奇诡之处，正是那若巴大师犹如熊熊烈火在他心中燃起万丈光芒，支撑他走到现在。如今，上师就在自己眼前，自己却一句话都说不出来，只是郑重地从贴身的衣袋中掏出温热的金子，双手奉上，向那若巴大师顶礼而拜。

那若巴见他一片赤诚，便缓缓开口道："至尊上师曾向我授记，玛尔巴你天资聪颖、悟性颇高，堪称绝妙的法器，你能从北方严酷的雪域来此求法，真是可喜可敬啊！”

那若巴大师的话让玛尔巴如梦初醒，他连忙说道：“我有一个同伴，他有很多金子，但因为尼泊尔的本达巴师父说的几句话令他不喜，他就去找别的上师了。”

“你那位同伴与佛法无缘。”那若巴轻描淡写。

世间万物，擦身而过的一瞬，或许就已经注定了今生的缘分，只是人在当时却无法确切知晓。

那若巴大师将玛尔巴引入坛城，先为他灌喜金刚①顶，再传二品续、金刚帐续、桑布扎续等。

斑斓的佛法让玛尔巴目不暇接，不知不觉一年时间已满。那若巴对这个勤奋好学的学生非常满意，准他下山休息几日。

迥梅朵坚白城街头，吆喝叫卖的小贩，飘香的食物，川流不息的人群，都让玛尔巴兴奋不已，打算买一幅妙趣横生的小画，却在对面的饭店中瞥到了聂译师的身影。

聂译师此刻也正抬头远望，两人四目相对，坐在一起攀谈起来，过往的一切一笔勾销。

“你这段时间学了什么法呢？”聂译师先声夺人。

“我学了喜金刚法。”

“那我们今天见面，正好可以辩论一番！”

聂译师气势汹汹，可还未对战几个回合，便成为玛尔巴的手下败将。

聂译师心中不服，冷嘲热讽道：“喜金刚法在我们那里已经流传很久了，现在学它又有什么用！相比之下，还是父续②的密集金刚更好一些，它的风脉③特别灵验，能够即身成佛，这才算得上厉害呢！”

少年的心太容易被蒙蔽而无法获得真相，玛尔巴心中的喜悦像一个鼓胀

---

① 喜金刚：佛教无上密乘的一位本尊之名。

② 父续：金刚乘中有关幻身和现分方便生起次第的经典。

③ 风脉：密教气功的术语，风即气，脉即血脉，是构成生命活动的两种物质。

的气球被瞬间刺破。他什么话也说不出来，只好带着一块冰冷的面饼边走边吃，趁着月光走上依稀可辨的山路。

难道自己学了一年的佛法已经一无所用了吗？巨大的荒谬充斥着心肺，玛尔巴觉得每行一步心就裂开一层，他得向上师问个清楚才行。

脚下石子忽地滚落，落进深谷渐渐不辨声响。玛尔巴回头一望，山下如谜的瘴气升起，他用衣袖轻轻掩住口鼻，快步踏入寺门，那若巴大师的居所尚有油灯的亮光摇曳。

三位瑜伽士[①]的护佑

这世上有一种人，只看你一眼便会读懂你的一切。他们要么与你朝夕相处，依赖年深日久的经验积累来懂得你，要么便看尽世间起落浮沉，滋养出洞若观火的通透智慧。对于玛尔巴来说，那若巴大师正处于两者之间。

望见门口的玛尔巴脸涨得通红，那若巴连忙关门，将寒风格挡在外。看来徒弟此行并不愉快呐，他桀骜不驯又心思质纯，想必因为什么闲言碎语扰乱了清净的心，听他上气不接下气地说了一通："弟子白天进城时与聂译师相遇，辩论喜金刚我获胜了，可聂译师又说辩论密集金刚。弟子从来没听过这等佛法，恳请师父慈悲为怀，将此法传授给我吧！"那若巴想清了缘由，却并不急着开解。

那若巴抿了一小口清茶，清清嗓子道："密集金刚属于父续的佛法，此法的教主名为益喜宁保，是一位得到中观自续派成就的班智达，他住在印度西方拉盖夏扎寺的圆月精舍中，你尽管去吧，一定会顺利求得的！"

玛尔巴按照师父的指点，很快便获得了密集金刚以及事、行、瑜伽三部[②]的仪轨和实修，也开始觉知到密教中的精妙之处。

一日夜里推窗揽月，玛尔巴想，自己从家乡一路到达尼泊尔，得到基特巴和本达巴两位师父的点拨，没走弯路就获得了密教之法的真传，这一切难道不都是那若巴大师加持的结果吗？那若巴大师犹如黑暗中的花火，不动声色地引导他一路向前，这温暖让他的内心免于冰冷，也不会给他造成伤害，

---

①瑜伽士：修观行者，即修行的宗教信徒。

②事、行、瑜伽三部：密乘六部中的外续三部。密乘六部之中的内续三部分别为父续、母续和无二续。

这是拥有大智慧的人才能持守的平衡。

不知不觉已是破晓，玛尔巴以金刚歌中的曼扎①供养上师，表明自己对上师的笃信和崇敬，并以身语意供养上师，深得上师欢心。

至此，玛尔巴已经对密教本续的精妙了如指掌，他乐陶陶地与益喜宁保道别，打算再度回到布拉哈日的那若巴上师身边。对玛尔巴来说，布拉哈日无疑是他的第二故乡。

傍晚时分，玛尔巴途经一处庙宇，只见它金顶暗淡，却仍有炊烟袅袅，便叩门请求夜宿。玛尔巴哪里想得到，前来应门的正是聂译师，他此刻游学到此，耽于美景，已在这里住了十天有余。

“玛尔巴，我问你，从去年到现在你又学了什么新的佛法呢？”聂译师咄咄逼人，玛尔巴如实相答。

“那我们再辩论一番？”

聂译师不依不饶，结果再度惨败，只好装作不屑道：“父续的密集金刚法如今也司空见惯，算不得珍贵了。现在应该求母续②的摩诃麻耶法③，此法讲究脉静风动和庄严的菩提心。”接着又卖弄了不少摩诃麻耶中的佛法口诀，见玛尔巴瞠目结舌的样子，心中尤为畅快。

回到金山寺，玛尔巴又将聂译师的话转述给了上师，神情沮丧。

那若巴见玛尔巴喉结突出，脸上的风霜又增添了一分，不由感慨时光留痕，可他的弟子在精进佛法的道路上仍然一往无前。在玛尔巴眉目之间，住着年少时的自己，只要下定决心便会坚持到底。

“父续的密集金刚法和母续的摩诃麻耶法，我原本都可以传给你。只是凡事因缘际会各有不同，才让你去益喜宁保那里学习，如今我也要送你到别处学习。你须得独行至毒海洲，拜访一位叫作拜希瓦桑布的大师，他就是摩诃麻耶法的主宰者。”

---

①曼扎：又称曼陀罗，藏传佛教中常见的法器，象征将宇宙缩小于其上，加以实悟、观想而供养，是密宗中迅速积聚福德智慧的方法。

②母续：阐述智慧空分的佛教密乘经典。

③摩诃麻耶法：梵语名，即为大幻法。

那若巴说罢，便以清水和丰盛的供品设起了会供，坐于会供席中央，身体朝尸陀林方向做出降魔的手印，口中喃喃不已。

仿佛瞬息之间，三位守护尸陀林的瑜伽士便在金山寺中一字排开，他们身上的灰色袍服洗得发旧，低头颔首等待着那若巴的命令。

那若巴衣角轻扬，声音极富穿透力："我的弟子玛尔巴要到毒海洲去，你们三个要好好保护他，为他扫清一切前行障碍！"

"我愿救他于毒蛇的噬咬之中！"

"我愿让他免于猛兽的攻击！"

"我愿保护他远离非人[1]的灾难！"

三位瑜伽士各表决心后，便消失在密林之中。

那若巴将自己所知的关于毒海洲的一切都告诉了玛尔巴，玛尔巴一一牢记在心，带上半月的干粮，再度与师父辞别。

身后万重山，眼前万里平川，玛尔巴望了望身后斑驳的寺门，心中思绪万千。虽然师父已为自己做好了一切准备，但也说，人间绝无万全之策，对于意外，便只得凭借个人意志和造化安排。此行生死未卜，故地重游，不知会否是自己的奢望？玛尔巴将一声长叹留在了金山寺的白云间，转身开始又一场漫长而凶险的旅程。

---

①非人：鬼怪之类。

我没看见人，却看见了鸟

对于一个少年来说，旅程无疑是最温柔的成长。落脚异乡，在走马观花中尝尽人间滋味，逐渐消除心中对世界的复杂猜想，再次笃信简单，成长便如抽穗拔节般自然。

夜间沿路山林草木狰狞，玛尔巴不巧在陡峭的山崖跌落，只得在饥寒交迫中挨到天亮，却见头顶上空两只黑色的鸟盘旋不已。

徒步半月有余，玛尔巴环顾四周，远处层山连绵，眼前波涛汹涌，应该就是师父口中的毒海洲了。

玛尔巴将裤腿高高挽起，将剩余的干粮和行李用叶子捆好浮在水面上，赤脚蹚水而过，水位渐次攀升，从玛尔巴的脚背、脚踝、小腿、腰间直到胸口，他不得不泅渡到水中的小洲休憩片刻，再向顶峰似锥的朵日山进发。按照师父的授意，遇到以单数计的树，便从旁边绕行，遇到以偶数计的树，便从两树中间通行。

临近朵日山时，土地神和鬼怪大兴风雨，乌云间的闪电为云层画上金边，继而惊雷平地起，空中雨雪交加，虽是白昼却有夜一般的阴暗。平顺的水波骤起，眼见就要将他吞没，玛尔巴惊惧失色，忽然想起三位瑜伽士向那若巴大师做过的承诺，立即仰天大喊："班——钦——那——若——巴！"

生死关头，呼声震天，连玛尔巴自己也吓了一跳。瞬息之间，乌云散去，玛尔巴重归万丈霞光之中。

当玛尔巴再次醒来时，发现自己已在朵日山山脚之下，背上的海水只剩下白色的盐巴，闪闪发光。扒开剩余干粮上的草叶，一股咸腥的味道扑鼻而来，他顾不得挑剔，勉强咽下补充体力，随手捡了一根树枝当作手杖，开始四处搜寻。

就在远处一棵合抱粗的大树下，蹲坐着一个周身长毛的人，将脸深深地埋在两膝之间，仿佛哭泣的孩童，玛尔巴凑近问道："请问您见到古古热巴没？"

那人猛地一抬头，双目眦裂好似拳头大，吼道："你这个山那边来的塌鼻子蠢汉！路途这么可怕都难不倒你，我倒是要问问，你从何处来？要到何处去？找古古热巴又有什么事呢？我啊，在这里住可有年头了，但这古古热巴嘛，我可是从来都没有见过，更是闻所未闻啊！"说完再度将头埋了回去。

玛尔巴身子一缩，摇摇头，到别处找了个遍也没寻到半个人影，这时他忽然想起师父的话："拜希瓦桑布大师就是古古热巴，他周身有毛，长着猴嘴，面目丑陋，还经常变幻出各种模样，但你不要被他蒙蔽，也不要心生疑虑，只需要直率坦荡地说出你的意图就可以了。"

玛尔巴这才恍然大悟，那树下之人即是古古热巴本人。

"弟子我是那若巴大师派来向您求摩诃麻耶法的，恳请您能够传授于我。"玛尔巴走回树下，恭敬地将礼物奉上。

"哼！你都在说些什么呢，开什么玩笑！那个那若巴，一无学识，二无修证，他自己懂摩诃麻耶法，教你完全没问题，还让我不得安闲！哼！"古古热巴大师把嘴一撇，背过身去。

古古热巴本是有趣之人，久居这荒凉之所，再不开点儿玩笑简直无法活下去了。玛尔巴脸上表情如五雷轰顶，古古热巴顿时觉得自己的玩笑可能吓到了这个不谙世事的年轻人，连忙正色道："哎呀，其实我刚才是开玩笑的，你不要太当回事儿。说实话，那若巴是一位教证精湛的班智达，我对他极为崇拜，我们都曾互相传授法要。摩诃麻耶法他学得本来就很棒，只是我已受命弘传此法，所以他派你前来也在情理之中。我将毫无保留地教给你，回去让你师父再教你一遍，看看有什么不同的地方。"

古古热巴的善变让玛尔巴无所适从，只是瞪大眼睛，用手搓着衣角。

古古热巴接着问他：“你这一路上，有没有看见两个人？”

“没……没有啊！”

“那看见鸟了吗？”

“哦，是有两只鸟一直在我头上飞……”

“呀！你真的看到鸟啦！看来你和佛法有缘了！”古古热巴心花怒放，认定玛尔巴是可塑之材，立刻为他灌顶，即古钦、古琼、坚巴三种[①]，又将下劣形瑜伽、深密咒瑜伽、究竟法瑜伽三种瑜伽讲给他听，还为他开示五种扼要及二十四种根本圆满次第等的含义。

无上瑜伽密续是佛教密宗修习的最高阶段，也是密宗经典中最难以修习的部分。但只要涤除杂念、专心修习，便可在丰富的生命体验中获得根本净光心，超越轮回之苦，为自己营造一个纯净的生命境界。

或许得益于一路颠簸磨炼，玛尔巴很快将法要牢记在心，设宴感谢古古热巴的倾力传授。

宴会的和乐气氛炙暖着人心，玛尔巴高兴地吟唱道歌，将自己一路经毒海洲到朵日山、得到古古热巴大师悉心教诲的历程娓娓道来，脸上一副心满意足的表情。

席间除了古古热巴，许多结下法缘的法友听不懂玛尔巴的藏语道歌，全都面面相觑，其中一位名为达罗热喜的法友说：“这人不是疯了吧？”

母语是人类灵魂的语言，再也没有比乡音更能安抚人心的了。玛尔巴感慨道：“我的民族和宿缘都与众不同，只是因为这一世的习气太浓了，藏语也就脱口而出了。”说罢又将方才的歌改用印度语唱了一遍。

在场的人们无不暗暗称奇，各自心生欢喜。古古热巴袒胸赤脚纵情放歌，众人欢声笑语到天明。

---

① 古钦、古琼、坚巴三种：皆为法要之名。

第六章　再美不过一念清凉

求法需要福气和修积

人与人之间，缘起缘灭本是寻常之事，只是世人心中多有执念，欣喜于相遇，却为别离伤悲不已。所幸玛尔巴和古古热巴都是骨骼清奇之人，不为种种俗念所累。

古古热巴大师嘴硬心软，为了给玛尔巴饯行，准备了好几天的会供法会。

就在法会的头天晚上，玛尔巴还在想，我得尽快回到那若巴大师身边，让他为我引荐麦哲巴大师。早年听闻麦哲巴大师的尊名，心中就生出无限信念，如今再次想起，我与他定是有着很深的宿缘了。

就在当天晚上，玛尔巴在梦中见到一位绝世的美丽女子，手捧一只空空的瓶子袅袅婷婷走来，将手和瓶子都放在了他的头上。

玛尔巴醒来后仔细回想梦中情景，认定是吉兆，心中生起无限欢喜，连忙与古古热巴辞别。

这位世人眼中的拜希瓦桑布大师，为玛尔巴准备了集轮会供，将所传之法的经典都赠予他，厚重的手掌轻轻摩挲，抚平他眉心的起伏，说道："到我这里路途万般艰险，而你居然来了。那若巴知道你是有机缘之人，才派你到我这里来，以后也会让你去找麦哲巴的！那若巴对你这样器重，不但收你为徒，还向你传授种种法要，册封你为教化雪域高原的补处菩萨[①]。其实你未

① 补处菩萨：即佛的代理者，在佛之前的菩萨。

到之前我就已经知道，所以让我的护法神变化为人形去迎接你，你虽然没见到人，但还是看到鸟了。现在我将教诫和种种经典赠予你，希望你能由此心生欢喜。”

古古热巴脸上绽开层层笑靥，回想昨夜的梦境以及师父所做的种种预言，如同拼图般严丝合缝，玛尔巴不由得惊叹命运的神奇。

在玛尔巴的道歌声中，古古热巴再次将手轻轻覆在他头上，为他加持，口中喃喃，保佑他归途平安。

古古热巴大师的手仿佛拥有魔力，玛尔巴只耗费三日，便回到了布拉哈日。

玛尔巴来到金山寺大殿时，那若巴大师正为沙弥喜饶僧格单独传法，望见玛尔巴的身影，便示意他不要进来。玛尔巴于是将行李放在身旁，开始向上师顶礼。

一次又一次的跪拜，膝盖已经麻木，玛尔巴却浑然不觉，等到那若巴轻轻招手，他才步入大殿。

“你可是获得了摩诃麻耶法？”那若巴与沙弥喜饶僧格告别后，才缓缓道，“他大概说了我不少坏话吧？”

“没错，但他只不过是开个玩笑。”

“他是如何说的呢？”

玛尔巴如实相告，那若巴听了不由捋着胡子道：“他就是那副模样！无德无能，才能到毒海洲那凶险之地生活，就因为他生了一副人身猴脸的模样，连手印母[①]都找不到。这种人除了古古热巴，还能有谁呢？”说罢仰天大笑，接着又说：“可这也正是他的伟大之处啊！他曾从这里求得喜金刚法，我也从他那里修习了摩诃麻耶法。”说罢将摩诃麻耶法传给玛尔巴。

玛尔巴感觉两人所教之法并无差别，一脸委屈地问道：“师父，既然你都懂，为什么还要派我去毒海洲那样的地方白白遭罪呢？”

“你莫要烦心，且听我细细道来。古古热巴是母续的主宰者，为了能让

① 手印母：藏传佛教活佛或瑜伽士依止的明妃。

你从学习开始就有正确可靠的源流，生出坚定的信念，我才让你不避艰险前往。路总是自己走过一遍才踏实啊！”

玛尔巴恍然大悟，人生中许多耳提面命的道理，原本只有体验过，才能融入血肉，刻进骨髓之中，成为没齿难忘的烙印。

在金山寺尚未停泊几日，玛尔巴再度踏上旅程，他听说东方藩伽罗那里有一座供奉着浑然天成的喀萨巴尼佛像的寺庙，心生朝拜之心。

玛尔巴朝拜回来的路上正巧经过那烂陀寺，当时聂译师正在那烂陀寺跟随帕里达巴论师学习佛法，玛尔巴想起前几次辩法的情景，铆足了劲儿要和他再辩一次法。

街头的小贩无须叫卖，汤饭的香气就已经弥漫了整条小巷，玛尔巴买了些去找聂译师，两人吃过饭后便开始辩法。

这一次，聂译师又是惨败，他两眼暗淡地说：“传给你母续法的人是谁呢？”

玛尔巴不知告诉他是否妥当，只好敷衍道：“我的上师精通三种瑜伽，虽然外表不美，却精通密法。他既是获得究竟法的瑜伽师，也是能指引灵魂解脱的导师，现在就住在迦毗罗卫城。”

聂译师听得此言，直奔迦毗罗卫城寻访玛尔巴口中的高人，人们都一脸莫名其妙，回答道：“这里的一切师父都能够为人指引灵魂的方向，你说的到底是哪位啊？”

聂译师呆立半晌，心想定是玛尔巴向他隐瞒了实情，心中气恼，仍然到处追问，终于获知古古热巴大师住在毒海洲那等瘴疠之地。一想到路途艰难重重，搞不好连自己的性命也会搭进去，聂译师终究还是原路返回那烂陀寺中。

正在聂译师徒劳无功的时候，玛尔巴已经回到了那若巴跟前，对他讲述了此次出行的见闻，扬扬得意道：“我这次又遇见聂译师了，我和他辩论摩诃麻耶法，我又赢了。他问我求法的上师是谁，我并没有告诉他。”

那若巴心想年轻人究竟是年轻气盛，对于小聪明乐此不疲，笑道：“师父是谁倒也不需要隐瞒，只是但凡求法，都需要福气和修积德行。倘若没有这些，他有再多的金子也没有什么意义。”

玛尔巴想起一路上与聂译师相伴而行，心中感觉有些惭愧。虽然与他不能算同道交心之人，但毕竟也是共同挨过苦难的旅伴，这样对他未免不够厚道。

佛法，就和这世界上珍稀宝贵的好东西一样，准备再多都不算足够，还需要万分的勇气和一点点幸运方能获得。玛尔巴心想，自己不如趁机缘具足之际，一鼓作气将佛法学个通透，哪怕有一天遭遇厄运，此生也没有遗憾了，因此向那若巴请求引荐麦哲巴大师，并向勇士、空行母和金刚兄妹法友等人设会供敬献朵玛[①]，祈祷旅途平安吉祥，那若巴欣然允诺下来。

① 朵玛：藏传佛教中常见的祭祀供品，以糌粑捏制而成，替代杀生祭祀的动物。

我要回到家乡弘法

小雨淅淅沥沥，湿润了燥热的空气和路上飞扬的尘土。行人纷纷放缓了步调。从他们口中，玛尔巴听到了不少关于麦哲巴大师的传言。

传说通向那里的路途万般艰险，烈日酷暑，风雨雷电，断崖深涧随处可寻，在道路尽头，有一座熊熊燃烧着的火焰山，方圆百里之外就可以感觉到炽热的气息，麦哲巴就在山顶的寺庙中静修。

倘若常人听到此处，恐怕早就避之不及了，可玛尔巴心中信念如爝火不熄，为了求得真传佛法，了却平生夙愿，眼前的艰难又有何惧？他在离开家乡时，早就做好了以性命相搏的准备，如今更是无所畏惧，便将心一横，不顾别人的规劝，向那燃烧的山进发。

幸得当初花费三年时间适应气候，一路艰辛自不必言，只半天玛尔巴便到了麦哲巴的居所。

尼拘屡陀树下，一位白发虬髯的老者正坐着乘凉，玛尔巴环顾四周，空无一人，又见老人仙风道骨，身上有不俗之气，便断定是自己昼思夜想的麦哲巴大师，脸上绽出真诚的笑容，走上前去恭恭敬敬地磕了七个长头，奉上价值不菲的黄金，还以道歌将自己的来历道个一清二楚，赞颂上师身语意三密的功德。

麦哲巴虽为修法之人，心中多有自持，但久居荒凉之所，不免有些寂寥，玛尔巴的出现让他喜出望外，其所求大手印法又是自己的专长，于是欣然点头应允。

在玛尔巴的眼神中，麦哲巴看到了某种恒久不变的东西，赐给他“突吉多杰”的密名，赠予他全部大灌顶、大手印法，还一并讲解本续赞歌解释、歌谣。麦哲巴的教授如同汩汩清泉涌入玛尔巴心中，让他茅塞顿开，之前学法过程中的种种阻塞困扰烟消云散。玛尔巴对上师的教授极其笃定，依他的办法进行实修，再度听闻他的金刚道歌，心中无限宽慰，之后仍回到那若巴上师身边。

虽然在外所向披靡、独当一面，但只要回到金山寺，玛尔巴就会感到自己的心明显柔软下来，他坐在那若巴膝前，任由上师的手掌为他拂去一路的风尘。

“玛尔巴，在南方毒海尸陀林的索萨岭，住着一位名为哲泽顿登的瑜伽母，身上戴着骨骼佩饰，你可以去她那里求得四座法，还能向你敬信的古苏鲁瑜伽师求得喜欢的法要。”那若巴娓娓道来。

纵然遭受的阻遏从未间断，但玛尔巴始终有一颗逆流而上的心。几千年前，屈原曾站在汨罗江江边感慨：“路漫漫其修远兮，吾将上下而求索。”玛尔巴又何尝不是如此呢？

玛尔巴很快找到了居住在茅草屋中的瑜伽母哲泽顿登，以恭敬的礼节和黄金曼扎让她心生欢喜，顺利获得教授，也在尸陀林的古苏鲁瑜伽师那里获得了生起圆满的灌顶和教授。玛尔巴回来后那若巴大师问他：“对于那些灌顶教授你是否产生了笃信呢？”

玛尔巴如实回答，还请上师传授他胜乐轮灌顶教授，再对本续中诸种疑难做疏通诠释。

玛尔巴几度穿行在生死边缘，为佛法四处奔波却不以为苦，那若巴早就一一看在眼里。在他眼中，玛尔巴是一块未经雕琢的璞玉，质地通透，却只有经由锤打，才能担得起殊胜的荣耀。那若巴大师将那若六法①、大手印法、脐轮火法等一同传给玛尔巴。玛尔巴按部就班地进行实修，心中即刻生起证悟。

七个昼夜不眠不休，玛尔巴仍旧神采奕奕。第八个清晨，玛尔巴望着师

① 那若六法：古印度佛学大师那若巴所传的修道六法。一说为脐火瑜伽、光明、幻身、中有、往生和夺舍。一说为脐火、光明、幻身、双运、往生和夺舍。

父苍老的容颜，掐指一算，自己漂泊在外已经十二年了，在诸多灌顶教授中收获颇丰，只要是跟随上师学过的佛法，就不需要反复教授，人送外号“不求人”。

眼看金子就要用尽，玛尔巴心想，自己可以暂且回家乡多多筹集金子，然后回来将曾学过佛法的疑难之处一一疏通，再将未曾学过的佛法尽收囊中。

在求法中度过青年时期的玛尔巴，心中暗暗立下誓愿：无论如何，我也要回到家乡弘扬佛法，特别是注重实修的密宗。

谁也不会知道，这个如种子一般的弘法信念，会枝繁叶茂，最终成长为无人可以撼动的参天大树。

失落的经书

夜半时分，倦极的飞鸟回归巢穴，玛尔巴屋内烛光摇曳。从身上和行囊中搜尽金子，放进贴身的口袋，玛尔巴才安然入眠。

玛尔巴记得自己前两日遇见聂译师时，他也差不多弹尽粮绝，准备启程返回家乡。两人已定好碰头时间地点，纵然先前多有争执，但可以一路结伴而行仍然是个有诱惑力的提议。

第二天，玛尔巴拿出路费之外的所有金子，置办会供所用的诸种物品，还邀请了婆罗门殊迦母底和瑜伽母殊迦朵日等宾客，为恩师那若巴举办盛大法会。

会供上香烛缭绕，供品鲜美，那若巴大师坐在首席，身后鲜花如锦，在曼妙的乐曲中闭目养神。望着师父脸上新添的皱纹，玛尔巴想起自己一路到印度的历程：他寻访各路名师，听闻佛法本续和疏释，在印度语的书写和翻译上对答如流。人在盘点过去时光时，若能亲眼看到丰硕的果实，心中的满足哪怕千金也不会愿意换取。

那若巴大师如同手持油灯的引路人，大多时候缄默无言，只在必要时予以指点，是玛尔巴在异乡漂泊中最为可靠的心灵依托。他唱八大道歌贡献给上师，吟唱声如诉如泣，在场的人无不为歌中的真情实意所感染。那若巴将手掌覆在玛尔巴的头顶，以道歌回应着他："玛尔巴，切记不要沾染利、衰、誉、毁、称、讥、苦、乐这世间八事[①]的侵蚀，勿生分别心，莫与家人

① 世间八事：指对自己稍有损益便会引发喜怒哀乐情绪变化的八种思绪。

交恶，要保护好无价的根本之心，持守内心的安宁，如此一切便会如你所愿。”

在师父透彻慈爱的叮嘱中，玛尔巴背起包袱，挥手与众人告别。想起十几年前自己跟随沙弥喜饶僧格进入金山寺的情景，如在昨日，不由慨然。

人最珍贵的，无非是知道自己要去向何方，今日的玛尔巴身上背着珍贵的佛法经典，内心已经不再慌乱，他脚下的路越发清晰，一直延伸到远山另一端的白云深处。

市集尽头处，聂译师背着手来回踱步，双手相搓，似是等候已久。他身后还有两位班智达、一位游方僧和几位素衣旅伴，帮他背着经书等物品，玛尔巴大喊他的名字，快步走上前去。

“哎呀，等你半天啦，我们趁天没黑赶快出城吧！”聂译师快人快语。

玛尔巴点点头，打量着聂译师身后几人。聂译师见他眼神中的疑虑，连忙接着说道：“这几位同行者帮我带着经书物品，你要不要把行李也放在我的马背上？”

“不必了，我自己背着就是。”聂译师身后，一匹骏马望着玛尔巴甩着尾巴，眼神中透着哀怜，身上重物已经快要嵌入关节之中。玛尔巴摇摇头，将背上的行李紧了一紧，大踏步向前走去。

聂译师嘴一撇，招呼大家抓紧时间出城，刚刚在佛法中沉静下来的心又开始波涛汹涌。来之前只听说有足够金子就能获得圆满佛法，玛尔巴的金子估计还没有自己的零头多，却在佛法造诣上高出自己几个层级，这不公平！

只要嫉妒在心中燃起，格局便会瞬间跌落，熊熊烈火可以瞬间燃尽所有真相，以种种恶行喂养贪嗔痴的毒蛇。善与恶，原本只在一念之间。聂译师眼睛一亮，即刻追上玛尔巴，气喘吁吁道：“哎呀，我们堂堂正正的大译师，怎么可以亲自背着行李呢？这可成何体统？游方僧，还不快来帮我们的大译师拿行李！”

游方僧见状连忙上前帮玛尔巴背起行李，玛尔巴拗不过两人前后奔忙，最后只好松手，见游方僧将行李牢牢捆在背后，心中才松了一口气。

一行人到达恒河边时，夜路已经模糊难寻，众人又累又饿，聂译师招呼众人在溪边的草地上暂作休息，支起火架烧水做饮食，打算明日寻找船只横渡恒河。玛尔巴生性喜欢洁净，在溪边洗脸后便在火光下专心烘干手帕。

趁玛尔巴不备，聂译师悄悄用手指戳了戳正在搅拌菜粥的游方僧，贴耳低声道："你假装不经意把玛尔巴的经书什么的丢到河里吧，越远越好！"一边说着一边将一块金子塞进他的衣袖里。游方僧脸上的恐慌逐渐散去，他掂了掂金子的分量，朝聂译师挤了一下眼。

清晨的恒河空气湿润清亮，霞光如锦缎般铺满河面，船工的号子声悠远飘荡，众人懒洋洋地伸着懒腰，翘首期盼着载他们回家的大船到来。

和船工谈好价钱后，众人打点好行李上船。

一路相安无事。为了避免发生口角，玛尔巴一直避免与聂译师谈论佛法，只是从众人的闲言碎语中，回想着在印度的充实岁月，心中无限欣慰。

船行至恒河中央，乌云层叠而起，忽有闪电劈裂天地，船工连忙提醒大家带着行李躲入船舱。仓促之中，游方僧故作手忙脚乱，将玛尔巴的整个包裹奋力丢入河中。

船舱中众人纷纷检视自己的包裹，唯独不见玛尔巴的行李，聂译师故作嗔怒道："你这游方僧，叫你好好看管大译师的行李，你怎么能做出这等蠢事呢？多亏我们大译师宅心仁厚，否则杀了你都不为过。"

聂译师一席话让玛尔巴有苦难言，尽管料定是聂译师做的手脚，却苦于没有证据，只能听他信口雌黄。想起自己一路来风餐露宿，几次从鬼门关夺命出逃，在印度燥热的空气中坚持修法，从无一日间断，如今却落得两手空空，玛尔巴心中生起从未有过的幻灭之感：命运待他如此冷酷，先让他的理想看起来唾手可得，但等到他奋力贴近的一刻，便将他先前所有的也一并收回。

天色如墨一般凝重，玛尔巴不顾头上滂沱大雨和船工声嘶力竭的警告，在船尾处木然呆立，望着船桨在碧波中翻动，他的心中涌起千思万绪：人生不也如这滚滚波涛吗？不知疲倦地奔流到老，到头来却发现不过是镜花水月的幻象，自己仍旧孤身一人，在世界的一角负隅顽抗。

悲观的想法从心中涌出，恶魔般在他耳边蛊惑着，让他几度想要投河自尽，了结这不被幸运眷顾的人生。

玛尔巴半只脚已经踏出船尾，忽觉耳边风声雨声一齐消失，河水中倒映着那若巴大师的容颜，神情严肃道：

“利、衰、誉、毁、称、讥、苦、乐，当为戒条！”

耳边风雨呼啸声再起，玛尔巴上身失去平衡，正在来回摇摆间脑中一道亮光闪过，径直栽到甲板上，心中的苦痛稍微得到缓解。

灵魂若不被痛苦撕裂，就一定能在锤炼中变得更为坚韧。玛尔巴心知仇恨有着多么令人生惧的力量，他并不想以怨报怨，只想弄清真相。回到船舱中，玛尔巴瞳孔如死寂般让人生惧，他低声斥责聂译师：“这都是你做的好事！”

聂译师瞅着游方僧轻轻摇了摇头，正色道：“怎么可能是我，我绝不会做这样的事！”声音的洪亮掩不住他眼神的惶恐，玛尔巴转身不予理睬。

当晚船舱中颠簸异常，无一人安眠。

半生徒劳，两手空空

英国哲学家约翰·穆勒曾说：“人之为恶，并非激情如火之故，而是因为良心孱弱。”

玛尔巴的质问让聂译师一夜未眠，他浑身紧绷，全身戒备，直到清晨时分船靠岸，仍未有一刻安眠。聂译师缓缓起身，想要趁玛尔巴醒来之前先行一步，却不料玛尔巴早已有所防备，待聂译师打点好行装蹑手蹑脚想要离开之时，玛尔巴一把扣住他的脚踝，翻身将他擒拿在地。

“你既不心虚，为何要逃跑？”玛尔巴直视着聂译师，以眼神恫吓着在一旁两股战战的游方僧。

玛尔巴将两人扭送到当地的国王处，请国王为他伸张正义。

游方僧是胆小怕事之人，此前也只做过小偷小摸的营生，未曾想到经书对玛尔巴来说比生命还重要，在国王的严刑拷打之下很快从实招来。

聂译师缩在一旁，脸上一阵红一阵白，目光闪躲，不敢与玛尔巴对视。

玛尔巴悲从中来，想起曾与他日夜相伴，互为依靠，如今求得的珍贵佛法全数付诸东流，也全是因为他，两人之间可真算得上孽缘了。玛尔巴恨不得将聂译师撕成碎片，可心中的一个声音制止了他：

任由世间翻转变幻，人都应当戒除嗔怒心，以不变应万变。

玛尔巴心中愤懑难平，出口的却是教化人的道歌：“大家都来听啊，一起相邀进入法门，还有着译师之名的人儿啊，和他共乘一船在汪洋中相依为命，这本是命运中难得的珍贵时刻，纵然不能伸手相助，但也不至于存心加害吧！将我的书籍扔入水中，也就是将你自己的成就、佛法和黄金一同丢弃。我并非对自己的损失耿耿于怀，只是学法至今尚未利益他人，心中惭愧不已。你可要揽镜自照做反省，莫让错上再加错，若是愚蠢之人便可以欺骗安然一生，那么与佛法结下宿缘的人啊，该如何获得成就和解脱呢？”

聂译师脸上似有羞惭之色，故作慷慨道：“莫要担心，我有书的原本，可以借给你抄。”

玛尔巴心想，你心口不一也不是一两天，我如今再相信你的话就真是大傻瓜了，即便你真的借给我，我们上师不同、教授不同，抄下来也没太大用处。我心中所装的经书，或许比你口袋里的都多，我还是赶紧返回印度最为妥帖。

经历如此变故，玛尔巴开始意识到，被别人洞悉自己的心是多么可怕的事，便故作认真地回答道：“那就请你把经书的原本借给我抄吧！”

事情看似得到了完美的解决，玛尔巴和聂译师一行人辗转来到尼泊尔。玛尔巴心知，与贼人同行必然罪孽深重，不如找个借口和他们早早分道扬镳。

临行前，聂译师假意逢迎道：“一想到与你分开，心里还有些不舍，回到家乡就来我这里抄经书吧，那么……经书落水的事就请不要张扬，我知道你人品好修行高，定不会和我计较这些的。”玛尔巴愣了一下，木然点着头。

众人远行，唯有玛尔巴，拖着疲惫的身子，只身一人来到基特巴大师门前求见，向他倾诉自己的遭遇。

再次见到他生命中的贵人，这中间已经隔了十余年之久，门前小树已经长成合抱的模样，基特巴大师鬓发苍苍，层层锐气被时光打磨圆润，边摩挲着衣服的褶皱边念经。以哈杜噶波为首的学生们听了玛尔巴的讲述，不由得连连赞叹：“这聂译师嫉妒心太厉害，得知他把你宝贵的经书扔进水中，你不但没有发怒报复，反而用道歌劝诫他，我们都觉得非常惊奇。你的修养算是能达到妙善无邪的境界了，请为我们唱道歌开示，讲讲你自己的学法体验吧！”

玛尔巴不做推辞，开口便吟唱起来，基特巴大师双眼微眯着点点头，以沉默的方式表达着对玛尔巴的激赏。

得知聂译师路上曾给家里寄信，如今已经在喀日与家里派来的人会合，玛尔巴心中感慨万分，在家乡遥远的彼岸继续前行，也是一种修行。他一直走到边境之处，眼前群山连绵，玛尔巴不由想起童年的歌谣，眼泪慢慢浸湿了嘴唇上纵横交错的沟壑。

在一个名为里学噶日的地方，玛尔巴滞留了几日，最后一天晚上他为一个奇幻的梦境所吸引：空行母不顾他的辩解和挣扎将他塞到轿子里抬着就走，到了南方吉祥山，大婆罗门门萨日哈为他加持，还传授了大手印佛法的诸种妙处。

一觉醒来，梦中的场景依旧栩栩如生，玛尔巴觉得这应是吉兆，心中涌出无限喜乐，在西藏芒隅的朗布喀讲了两个月的法，以求心安。

一日玛尔巴正在讲法，忽有远方的送信人拜访，众人只见玛尔巴面色凝重，双眉紧锁着猛然起身，不由嘀咕起来，谁也猜不到究竟发生了什么事。

第三卷

开示｜慢慢来比较快

邂逅只是巧合，
重逢却有一种致命力量。
在这里我再一次发现了自己，
不由心生欢喜。

第七章　留给碎梦的，只有背影

再度折返，雄心不屈

这前来送信的，正是桀普地方大德洛迦觉色长子的贴身弟子，听闻玛尔巴回藏，特来迎他前往。想起曾在洛迦觉色处领受的恩惠，玛尔巴心中慨叹，爽快地答应下来。

到了应许之日，众人为玛尔巴举行了一个月的讲经法会，各种供养妙不可言，还在上弦初十那日举行了勇士庆会的会供曼陀罗。

洛迦觉色的长子亦被称为觉色，会供间，觉色上前恭敬地对玛尔巴说："从前我们父子曾有幸接待师父您，如今又得此机遇见面，幸甚至哉！我有一个小小的心愿，不知师父能否答应，请您为我们在场的各位唱一支从未对别人讲过的通达晓畅的道歌吧！"

玛尔巴欣然应允，以在里学噶日所做的梦作为蓝本，以大鹏展翅之音韵唱了朵哈金刚大道歌，歌中再次忆起往昔大德洛迦觉色对自己的种种恩惠，不由泪湿衣襟，在场的人们无不为这歌中的诚意所打动，心中觉得和上师又亲近了一层，觉色更觉得自己仿佛亲眼见到了佛祖释迦牟尼。

会供之后，玛尔巴即刻启程赶往家乡洛扎，想起聂译师曾答应将经书借给自己手抄，便转道喀日。他心想，从聂译师处拿到原本，与狗嘴里吐出象牙没有两样，但还是有试探一番的必要。

听闻玛尔巴到来的消息，聂译师连忙趿着鞋子往后院躲藏，直到玛尔巴呼唤他的名字才不情愿地走上前来，将一两黄金和一个曼扎献给他，说道：

“摩诃麻耶法你已经相当熟识了，想必用不着原本。就请你做摩诃麻耶母续法的教主，讲说此法，我来做密集等父续法的教主吧！”聂译师含糊其词，直到玛尔巴拜别，都未曾将经书原本拿给他看。

玛尔巴心中早已料到该是如此，与其和这等出尔反尔的奸诈之人周旋，不如赶快筹集金子回印度重求佛法更为要紧。想起村口那条清澈的小河、童年打打闹闹的玩伴，玛尔巴的心就柔软起来，恨不得即刻脱掉鞋子，赤脚在一望无际的田野上奔跑。可如今他已是三十多岁的成年人了，不免被自己心中隐形的羁绊捆缚了手脚。

村口的人群影影绰绰，依照记忆的轮廓，玛尔巴可以辨识出自己的师父和一众兄弟姐妹，只是不见父亲和母亲的身影。

玛尔巴随众人走入家门，简陋的房屋尚在，却不见炉灶边熬煮酥油茶的母亲和院中踱步的父亲。屋里熟悉的气息扑面而来，玛尔巴心中的猜度终于落实，父母终究没有看到他身披彩衣、受到众多信徒拥戴的模样。近二十年的一场叛逆，竟然以这样的空白作为结尾，玛尔巴顿时觉得当年的自己多么可笑。

想到母亲曾无数次在村口微眯着眼睛遮住直射的阳光，寻觅自己的身影，玛尔巴心中就如同刀绞一般。

他能感觉到洛扎地方的人还是欢迎他的，但仅限于他是玛尔巴家族的一员，又刚好远行归来，仅此而已。

碍于师父的身份，卓弥译师并没有向他请教佛法，但对他求得的佛法表示尊重。或许受从众心理的影响，附近的人也没有向玛尔巴求法，却有不少人远道而来慕名求法。

玛尔巴决心远行传法，以筹备去印度的资费。他将一些基本的佛法仪轨传授给当地的一些弟子后，便带着他们骑着高头大马，载着上好法器和供品出外寻求黄金。

一行人白日赶路，夜间便寻求寺院或人家借宿，倘若行到荒无人烟处，便在小河边生活露营。洛扎的一些年轻弟子没有受过这等磨难，纷纷叫苦不迭，但见到上师泰然自若，心中多有触动，此后一路没有抱怨。

众人到达卫地的大河南岸时，玛尔巴与弟子们在河边停驻，一同舀水准备午饭。正在倾心交谈之际，形似师徒的两个僧人结伴途经此处。师父模样的人上前躬身行礼道："请问诸位从何处来，要到何处去？"

随行中一位能言善辩的弟子连忙放下饭碗，躬身回礼道："想必二位对我师父已经有所耳闻了吧？"

玛尔巴接着说："我是印度那若巴的亲传弟子，人称玛尔巴译师。我们师徒此行，云游化缘，想为有缘之人度化解脱，与无缘之人结个善缘，求得再次去印度求法的金子，更好地利益众生。"他见两人慈眉善目，便将自己的一路经历说与二人听。

两人听闻后眉梢上扬，师父模样的人慨叹道："啊呀！译师的大名早已有所耳闻，很想寻求机缘拜会，没想到今日能在这里相遇，真是万幸，恳请译师今晚到鄙人的寒舍下榻。"

这河边巧遇之人就是日后对玛尔巴鼎力相助的大弟子俄敦却多。玛尔巴一行随二人到达雄·热阿穹顶寺，在此住了两个多月。

俄敦却多生性温厚，不但给玛尔巴奉上丰厚的供养和诚意，而且让门下的多个弟子向相识的施主大力推荐玛尔巴的佛法。众人向玛尔巴供养了大量上好衣物、供品和黄金。玛尔巴将海生金刚派别的薄伽梵[①]欢喜金刚灌顶和实修传给俄敦却多，他的名声也如同菩提开枝散叶，在后藏地区流传开来。

① 薄伽梵：即释迦牟尼佛。

赤贫和富裕的边界

天边涌动着层层云海，阳光慢慢穿过云层，透出蜡染般的色泽，玛尔巴暂别俄敦却多，在彭域地方的色萨玛用格里亚法①救活了九个乳婴的性命，接着传授热玛底佛母法、羯磨集、欢喜金刚大灌顶等佛法，声名远扬。

一日，从北方当雪宁仲来的玛尔巴郭勒来前藏地区做生意，见到山腰之上人头攒动，不由好奇地凑上前去问："那是什么人啊？他们在干什么呢？"

他前面的男人正在发愣，看都没看他一眼就回道："那若巴大师的亲传弟子玛尔巴正给大家举办灌顶法会呢！"玛尔巴郭勒"哦"了一声，恍然大悟，若他真的精于佛法，自己也应该向他学法。

玛尔巴郭勒从马背上拉下两腔羊肉、半驮盐献给玛尔巴，很快与他攀谈起来，请他为自己解答生活中的困惑。玛尔巴郭勒常年行走江湖，仰仗的不过是三分豪气七分胆量，总为世事的无常苦恼不已，夜半时分，他常常感到自己茫然无所依，佛法无疑是距他最近的救命稻草。言谈之间，玛尔巴侃侃而谈，元神具足的样子，让玛尔巴郭勒感觉他与自己有着不可割裂的宿缘，他心想，自己无论花费多少金子，也一定要将这位上师请到家乡去。

听闻玛尔巴此行是为求法印度而筹集金子，玛尔巴郭勒语气即刻老成起来："俗话说得好，'至穷不过彭域，至富不过羌塘'。您来彭域求金子，无疑是缘木求鱼，自寻苦恼啊！彭域地方土地贫瘠、人口稠密，连一只小鸟也得分成小块平分，而羌塘土地辽阔、水草丰美，就是小野牛也能整腔奉送。"望见人群逐渐散去，他才继续说道："这资源的多寡让人心也跟着起伏，彭域地方民风刁蛮、不讲信义，羌塘的人淳朴憨厚、不拘小节。请到北

① 格里亚法：事部，佛教密乘四续部之一，以沐浴、清洁为主。

方的朗坚去吧！在那里人们身披绸缎披风，身骑高头大马，坐卧都是柔软的垫子，吃的都是牛羊酥酪。实不相瞒，弟子从小就是在羌塘长大的，倘若上师信我，便随我一同前去吧！”

玛尔巴见他目光诚挚，又走南闯北，想必没有说假话，便欣然应允道：“如此甚好，我和你一同前去吧！”

玛尔巴郭勒欣喜若狂，抱拳行礼道：“我做完这趟生意，不出几日必来上门恭请上师！”

对于做生意的人来说，“言必信，行必果”是颠扑不破的信条。果然，不过两日，玛尔巴门外就响起了嗒嗒的马蹄声。听闻有人敲门，一位弟子连忙上前问询，旋即眉飞色舞地朝玛尔巴的房间跑去。

“别急别急，慢慢说。”玛尔巴一只手向下缓缓地扇动，转身将一杯酥油茶递给弟子。

弟子手捧酥油茶，上气不接下气地说道：“前几日答应前来迎请师父的玛尔巴郭勒派人来了，正等候师父接见呢！”

“这郭勒果真是言而有信之人，快快请来人到这里。”

一阵寒暄之后，玛尔巴将随身物品打点好，只有一些新衣、一只木碗、零散的碎金子，引得来人问道：“果真就只有这些东西了吗？”

一再确认之后，来人才若有所思地点点头，为玛尔巴带头领路。

马蹄声嗒嗒作响，玛尔巴只见前方逆光处炊烟袅袅，有高大的人影闪动，原来玛尔巴郭勒听闻来报，早已骑马在此恭候多时。

在这干裂的春天里走东闯西，玛尔巴郭勒脸上的皮肤比前段时间粗糙了些，整个人也黑瘦了许多，想必出门在外做生意也是非常辛苦的活计。世间万千景象，真的没有一件事情是容易的，玛尔巴心中感慨良久，但心中更加笃定了去印度再度寻法的决心。

玛尔巴紧跟在玛尔巴郭勒身后，在田间狭窄小路上漫步，他的一位徒弟牵马在前面带路，防止马蹄踏坏了田间的禾苗。

天边云朵漫卷，如轻柔的手指弹拨琴弦，玛尔巴觉得，他离自己预想的目标又近了一步。

新衣的考验

驮马的鼻孔一开一合，寻找着泉水清凉的气息，玛尔巴一行人腹内空空，饥渴难耐，终于行至当楚巴拉一地。

玛尔巴郭勒从皮囊中倒出一大海碗清水，双手捧着送到玛尔巴面前。玛尔巴连忙去接，破损的袖口被玛尔巴郭勒看在眼里。

玛尔巴郭勒望着马驮上塞得鼓鼓的衣服包裹，心想：我可供养他不少钱财，可他却穿着这样破烂的衣服，是不是对我的供养不满意，想要更多的供养呢？

玛尔巴郭勒生于茫茫草原，长于粗豪牧歌声之中，满目尽是青翠和碧蓝，看待事物也习惯了非黑即白的思考方式。倘若他一辈子半步不离草原，或许就不会如今日一般心生繁芜，可自从跟随马帮长途跋涉，历尽风霜艰难，见惯生死绝境，他对人性的复杂自然多了许多防备。他现在的生活虽然比先前悠闲安适，到前藏做生意也积攒了不少钱财，可其中不少也是用命换来的，他可不想把钱财空掷给一个以佛法为名聚敛钱财、掠为己用的吝啬小人。

玛尔巴郭勒眼神中掠过一丝犹疑，这在玛尔巴的心中激起了层层涟漪。玛尔巴是何等聪慧之人，一眼就将玛尔巴郭勒的心思猜中，但见他只是嘴唇嗫嚅低头沉默，便也没有说些什么。聂译师一次次的坑骗，让玛尔巴透彻地理解了凡事不可尽言的道理，凡事留一份余地才有周旋的余味。

夜里的旷野空无一人，只有篝火冉冉上升，哔剥作响，两人各自怀揣心事，在对彼此的猜疑中沉沉睡去。

次日清晨，河面上红光一片，众人望着天边的早霞，欢欣雀跃地呼喊，喊声将玛尔巴郭勒从睡梦中惊醒。玛尔巴早已独自拿着毡垫到河边僻静处安心打坐，对河边的热闹充耳不闻。从清早开始收摄心神，便不会在一天的忙乱中自乱阵脚，这是他自学法以来从未中断的习惯。玛尔巴郭勒定睛一看，心中如块垒的犹疑土崩瓦解，自己的判断或许出现了失误，还是问一问为妙。

见玛尔巴收掌起立，玛尔巴郭勒方才走上前来，请玛尔巴用早饭。热腾腾的酥油茶和糯香的糌粑在口中发生奇妙的变化，这是藏族百姓千百年来百吃不厌的神奇组合。越是在艰难的旅途中，反而越能品味到生活的平淡之美。众人在欢笑中品味食物，既而为马匹套上嚼子，踏上新的征程。

玛尔巴郭勒亲自牵着驮满玛尔巴新衣的骏马，和玛尔巴说了几句闲话后，便进入正题："上师，我们就快到家了，我们北方住牛毛帐篷的人很重视人的服装打扮，请将身上的旧衣脱掉，换上新衣服吧！"

玛尔巴抬手看看袖口的破洞粲然一笑，牙齿比珍珠还洁白，说道："我早已将身上的破洞丢下，你却将它装在心里带了一路。俗话说，'魔鬼虽然恶毒，但也不会危害自己的财物'。我身上这些衣服可是大德那若巴赠予我的，绝对不能抛弃，我可要将它们一直穿到家乡洛扎才行。"说完还是寻了一处密林，把身上的旧衣脱掉，将俄敦却多和玛尔巴郭勒供养的新衣换上，又用心将旧衣叠好，衣服整整齐齐，连一丝褶皱都没有。

玛尔巴郭勒接着将自己珍爱的坐骑也赠给玛尔巴，见他欣然接受，心中再次升起疑团：除了我赠送的新衣，一定还有更多的人赠给上师新衣，可他一件都不穿，难道他是那种吝啬成性的人吗？虽然许多上师大德性格都很古怪，他们的所作所为是常人难以理解的，但如果真的如我所料是那吝啬之人，我可就要好好掂量一下了。他接着对玛尔巴说道："上师，您的新衣中不光有我供养的，还有别人的，上师当初为什么不穿呢？"

"衣服不适合带到印度去，要是衣服穿旧了，就没法卖上好价钱，所以我才把新衣服保存完好，留着换成金子供养我的上师，"玛尔巴很快跟上玛尔巴郭勒的脚步，挤出一丝笑容对他说，"你也知道，在印度没有黄金可是求不到一毫佛法的！可我也得让你心生欢喜啊，所以就把你赠我的衣服穿上了。"

玛尔巴郭勒忽然感觉头顶上方如晴天如朗月般通明，眼前景象如浮光掠影缓慢闪动，心脏一时连通泪腺，忽地泪满眼眶，触动宿缘，对玛尔巴大师心生无限信任。

天边晚霞将要散尽，玛尔巴的身影越发高大，玛尔巴郭勒呆呆地立在原地，望着玛尔巴缓步前行的背影，心中感慨万千。

原来玛尔巴并非吝啬，只是一心去印度求法，这不是吝啬也不是过失，反而是很大的功德。人生自有诸多奇妙诡异之处，往往花费很长时间精明算计，却可以在一瞬间做出磐石般难以转移的决定。玛尔巴郭勒如泛舟般漂荡的心仿佛在一瞬间找到了停泊之所，从此决定一心追寻玛尔巴大师的足迹求法，直到生命的尽头。

传法心得

满目皆是灿然的金色，初秋的草原同时有着丰盛的喜悦和收割的荒凉。正在玛尔巴放眼远眺之际，一群身披羊皮氆氇的汉子围拢过来，他们清一色有着蜜蜡般的皮肤，有些脸上还带着深深的刀疤，玛尔巴还以为遇到了盗匪，不由汗毛一竖，眼神中满是戒备。

只见凶神恶煞的汉子们径直走向玛尔巴郭勒，向他行跪拜大礼，玛尔巴郭勒和他们说了几句话，几人又连忙跪在玛尔巴面前行礼，举止笨拙，目光却异常虔诚。

原来此地即是当雪宁仲，玛尔巴郭勒曾是这一带游牧部落的首领，他当年的不少部下如今都成了小小的头目统管一方，心中对他的崇敬却并未减少半分，见他将玛尔巴奉若神明，也争相拿出黄金和美食款待玛尔巴。

在玛尔巴的帮助下，玛尔巴郭勒发愿入了法门，获得灌顶和教授。草原上杀生乃是稀松平常之事，倘若不及时积善，求得内心方寸之地的安宁，心便会泛若不系舟般无所依靠。玛尔巴郭勒大力劝说自己的亲友和部下积善求法，将玛尔巴上师的尊号整天挂在嘴边，为上师拉拢了大量信徒。玛尔巴作法救活了不少婴儿的性命，众人对他更加深信不疑。

此时正值羌塘水草丰美、金矿开采收获颇丰的时节，玛尔巴从众人的笃信中获得了大量供养。仅玛尔巴郭勒一人就供养给他黄金十八两、名为雍珠郭噶的好马一匹以及各种牛羊器皿。

玛尔巴将不方便携带的牛羊器皿换成质密的金子，望着麻布口袋中越来越多的金子，紧蹙的眉头开始舒展，心想：现在金子搜集得差不多了，是时候动身前往印度求法了。

玛尔巴郭勒心知上师心之所向唯有印度，便连同几个学法的人跟随玛尔巴启程前往洛扎。

几人到达雅鲁藏布江北岸时，正值汛期，水声滚滚，不辨南北。这时接到促敦旺额到堆地传法的邀请，玛尔巴欣然前往，却只为他传授了密集金刚的灌顶，临走时对他说："我这次走得太过匆忙，以后再来教你其余的佛法。"促敦旺额欣然应允，给玛尔巴供养了大量钱财。促敦旺额为了求得更多教授，也收拾行装随玛尔巴一同赶路。途中，雄地的俄敦却多慕名而来，众人一齐到达卓窝隆，又得到一位名为帕让巴瓦金的求法人接待，到洛拉亚学习摩诃麻耶法，而后随玛尔巴返回卓窝隆。

在卓窝隆，玛尔巴为诸位弟子传授了大量珍贵佛法，给俄敦却多传授欢喜金刚灌顶，给玛尔巴郭勒和促敦旺额传授密集本续和五次第分明解说，为帕让巴瓦金传授摩诃麻耶注释。

传法的坛城之上灯火通明，玛尔巴昼夜不眠，只管将经义释要一遍遍讲与弟子听，直至他们豁然开朗。

不知不觉，十日已经过去。为了答谢上师的谆谆教诲，众位徒弟为他设宴饯行，同时邀请当地的头人参会，场面甚是宏大。

众人虽未明说，但心中都对玛尔巴求法的经历十分好奇，都想知道他是如何到达印度，如何拜师求法，又依止了哪些大德，求得了哪些灌顶教授，与何人结伴而行等细致之处，仿佛如此便会获得提升功德的秘诀。

众人将玛尔巴团团围住，玛尔巴郭勒在几人中胆子最大，起声央求上师在宴席之上讲述自己的求法经历。

玛尔巴拗不过众人的齐声邀请，便将自身经历注入道歌之中吟唱起来，众人随他在歌中遍历印度异域风光，认识了脾气迥异的诸位大德，也蹚过了仿佛让人脱掉一层皮的毒海，赞颂那若巴、拜希瓦桑布等诸位大师的修为。但是，玛尔巴的道歌中唯独将聂译师祸害他的经书一事隐去，言语间唯有感恩和欣喜。

听了玛尔巴的讲述，就连当地的头人都对玛尔巴心生钦佩，将良田美宅拱手相赠。

想到自己也正值成家的良辰，玛尔巴便欣然接受众人的美意，在此与达美玛成亲，安下宅院，生下塔玛多德等几个可爱的孩子。

至此，玛尔巴已经筹集了黄金五十余两，他心想求法还是一鼓作气为好，便摆下美妙的集轮会供，广做酬谢，准备第二日清晨就动身朝印度进发。

第八章　失而复得，莫失莫忘

道歌中的五身意旨

屋里的妻儿还在熟睡，玛尔巴轻轻掩上房门，背起行囊推门而出。初生的婴儿尚未学会开口叫阿爸阿妈，但若此刻不迈出这一步，一辈子恐怕就会被困在这俗世的温暖中。

微凉的空气中有着轻柔的薄雾，玛尔巴刚刚出门便看到门前几个人影一动不动，心中不免一惊。

“师父，我们知道您就要启程去印度了，我们愿作为侍从为您保驾护航，为您的旅途减少挂碍。”其中一位穿着石灰色僧衣的僧人说道。

“我要独自一人前往，你们都回去吧！”玛尔巴语气坚定。望着被冻得嘴唇发紫的几人，玛尔巴想这几人肯定在此守了一夜。他万事不求人的性格早已被弟子熟知，外人以为他不懂变通，其实他只是不愿给别人添麻烦罢了。

玛尔巴最后还是一个人骑马到尼泊尔再度寻访基特巴和本达巴大师，供养黄金让他们心生欢喜，以报答此前的知遇和引荐之恩。两位大师鬓发苍苍，仍然不改互相调侃的个性，玛尔巴哭笑不得。

两位上师为玛尔巴安排了可靠的引路人，送他顺利到达印度，一路无事。

金山寺的塔顶有飞鸟停驻，悦耳的鸣叫声响彻云端，正在打坐的那若巴大师知道，玛尔巴回来了。

走进金山寺重重大门，摩挲着一草一木，玛尔巴觉得自己身上的硬茧仿佛层层蜕去，让他重新找回了使不完的进取活力。玛尔巴迫不及待地将自己筹得的金子摊在那若巴大师面前，瞄着上师脸上的变化，眼神比孩童还要天真。

那若巴望着眼前价值不菲的黄金，知道玛尔巴为求得这些钱财，定是耗费了不少心血，心中为这满满的诚意所触动，又想起这些年师徒情深，不由双目泫然，情不能已。

那若巴大师将欢喜金刚的中、广、略三种灌顶教授给玛尔巴，还将二观察根本续[①]、不共释续空行母金刚帐[②]、共同释续桑布扎注释[③]及要门口诀传给他，嘱咐他："从今以后，你应该去往日求法的诸位上师处，再将往日所学之法学习一遍，对于先前熟识的部分也不要疏忽大意，悉心校正方为正道。以前未学到的法更要勤心勉励，也不枉你背井离乡之苦。那么可否告诉为师，你首先要去拜会哪位上师呢？"

"我想先行拜会麦哲巴大师！"玛尔巴见上师眯着眼点了点头，尚未休整就又踏上了旅程。

麦哲巴欣然接受了玛尔巴供奉的黄金，将密集的灌顶教授和大手印明点续传授给他，玛尔巴学成后就动身返回布拉哈日的上师身边。

途经那烂陀寺，迦湿弥罗班智达室利盘陀闻讯大喜，设下集轮会供款待他，在宴席间说："听闻你从怙主麦哲巴那里求得了心要法门，这位大婆罗门的弟子、堪比神仙自在安然的佛法继承者麦哲巴，同底洛巴大师的弟子，也就是我们的上师那若巴相比，哪一位的佛法更为深邃精妙呢？"

玛尔巴颔首思索良久，心想在如此轻松的歌舞场合，我用歌将麦哲巴的功德见地唱出来也并无不妥，于是高歌道："那若巴大师如雄狮一般，如世间的珍宝无可比拟，一切需求上师他都能满足！他的见地如海般深邃广阔，化身成雨普度众生。麦哲巴大师心性空明，如金刚般永恒久远，法身无须转生即可到达无所阻碍的境界，显现出种种妙化身，由此产生法身、报身、化身、自性身和大乐金刚身这胜义五身。"

---

① 二观察根本续：密宗无上瑜伽部经典之一。

② 不共释续空行母金刚帐：佛教密宗的经典名，根本续部的注释之一。

③ 共同释续桑布扎注释：佛教密宗经典名，注释续的注释之一。

室利盘陀听罢连连拍腿叫好，接着问道："以这样的方式谈论五身意旨真是绝妙，然而在实际中又有什么样的见、修、行、果[1]呢？"

玛尔巴将早已蕴化于心的知识再度讲述个清楚："这三界[2]之间原本为空，正因为从未有过也就无所谓断灭，在万事万物的变化推移中固守本心，不因外物而变即是真知灼见。心不散乱，也就不会产生烦恼，没有贪欲，就是一种修行。"

"那么是否给实修之人传授呢？请以密乘道指点迷津。"

见到室利盘陀求知若渴的模样，玛尔巴微微一笑，轻抿干裂的嘴唇，接着道："诸位同门，麦哲巴大师原是获得观音菩萨授记。龙树[3]心传弟子，声明、因明和中观方面无所不知，功德不可限量。凡有所修习，便会有所证悟，无须考虑别的问题，只专心致志去做就好了。当今世人心浮气躁，又容易心生嫉妒，因此只向诸位讲授，凡人听到了不过是徒增烦恼。我讲得还算清楚吗，诸位？"

法会上的人们听后欣喜若狂，室利盘陀更是大声赞叹道："大译师，你的愿望已经圆满实现，求得最为纯正的佛法啦！"

会供的美妙音乐歌舞不胜枚举，欢悦入耳，将玛尔巴带回初次到达那烂陀寺时为丰厚的藏书所惊艳的经历。

正在心醉神迷之际，玛尔巴猛然想起那若巴大师临行前的嘱托，心想还是以最快的速度赶回那若巴大师身旁为妙，于是立刻起身。正可谓"身未动，心已远"，玛尔巴顾不得夜色朦胧月挂柳梢头，也不管室利盘陀等一众人的挽留，径直朝布拉哈日前行。

那烂陀寺不少僧人呆呆地望着玛尔巴如墨般的背影消失在黑暗中，久久不能缓过神来。

---

① 见、修、行、果：见即见解，修即修炼，行即操持，果即佛果。

② 三界：地下、地面和上空。

③ 龙树：大乘佛教开派祖师，生于南印度一位婆罗门之家，幼时即通密宗四续、显宗三藏等经典之学，在那烂陀寺依止萨热哈大师出家，发明具德比丘。

求法翻译笔记

天空泛起鱼肚白，玛尔巴一夜未眠。赶到金山寺时，已是年幼的僧人洒水扫地之时。玛尔巴尚未用斋饭，便向那若巴大师报告在麦哲巴大师处求法的心得。

那若巴大师连连点头赞许，看来在家乡的种种安逸和旅途中的种种艰辛并未消磨掉玛尔巴的志愿，他的亲传弟子仍如往日一般元气淋漓，如初生之翼振翅高飞。

依照那若巴大师的心意，玛尔巴再度踏上了去往毒海洲的旅途。毒海洲水深难测，但因为此前已涉水而过，再次泅渡便如轻车熟路，连烈火般灼烧的海水也不以为苦。

或许修行之人相较常人更易持守心性，容貌也难以被世俗的风霜所侵蚀。玛尔巴见到古古热巴时，他容貌不改，仍然一副趾高气扬的样子，两人在大树之下盘腿而坐，相互对谈。

“你这几年回到家乡，一路上可有不少奇闻逸事吧，我们做个约定，我给你传法，你给我讲故事，我们就算扯平了，怎么样？”古古热巴摩拳擦掌，命运将他留在这荒芜之地，他百般的好奇心无处宣泄，只好想出此等办法聊以自慰。

玛尔巴知道自己并非能言善辩之徒，面有难色。古古热巴瞬间明白他的心思，心直口快道：“你只管讲，我来问你就是了！”

玛尔巴从口袋中掏出温热的黄金奉给古古热巴，只见他浑身上下毛发竖立，呵斥道：“我与你已做了约定，怎可背信弃义？你只管学，不必再拿金子。”

古古热巴安静时的容貌已经够可怕了，更不要说发怒了，玛尔巴登时傻住，连忙缩回了手。这个师父的脾气始终让他猜测不透，索性遂了他的心愿就好。

在古古热巴处求得旧法之后，玛尔巴再度寻求骨骼庄严瑜伽母的教诲，他仍佩戴着清奇的骨头配饰，眼神如朗月般清澈明亮，透出慈爱的光芒。玛尔巴向她供奉黄金求得佛法，领悟较初学之时又深了一层。

离开毒海洲后，玛尔巴踏上了去往西印度拉格扎的道路。路上虽有良马为伴，但玛尔巴仍然感觉体力不支，乏力从腿脚之中蔓延开来，他才想起，自己已经年近中年，在家乡早已是颐养天年的年纪，而自己仍在这荒山野岭之中穿行不止，究竟是为何呢？他生平头一次对自己的信念产生了怀疑。

在拉格扎，玛尔巴寻到益喜宁保和僧格林巴的居所，将黄金恭敬奉上，再度让自己保持一无所知的状态，从头虚心学习。

每天天色朦胧之时，玛尔巴就已经起身漱洗，坐在木桌之前潜心苦读，墨绿色的窗纸透出淡淡微光，书上蝇头小字如虫跳动，让玛尔巴吃尽了苦头。

先前诵读一遍便可熟记于心的经典，现在需要几个来回才能弄懂，他不再是才思敏捷、意气风发的年轻人了，不再像年轻时候那样做什么都毫不费力。时日拿走了他周身的锐气和势不可当，却将坚持的韧劲留在了他体内，让他虽然费力，但仍能获得另一番生活的真味。

他忽然理解了年少时不借给自己经书的卓弥译师，人的成长如蛇蜕皮般艰难，年少时不费吹灰之力便可欣然接受改变，年纪越长越容易誓死捍卫自己既得的东西，被一己之见拘禁住，难有大的突破，哪怕只是一团糟粕，也不想让别人侵占一丝一毫。事到如今，玛尔巴并不怨恨他，只是反复提醒自己莫要变成那般模样。

玛尔巴将曾经学过的经典逐字逐句进行校正翻译，工整地抄在自己随身携带的纸卷上，这纸以狼毒草晒干、鞣制、晾晒而成，不被虫蛀不受侵蚀，能够保存千年不腐，因而也特别昂贵。玛尔巴珍惜地将纸张一一展平，力求不留笔误。

这一次学法，玛尔巴如同蚕食桑叶般将一切灌顶、教授和要门尽数搜藏，感谢两位恩师之后便启程回到那若巴大师身边。

那若巴大师将因陀罗菩提王传承的胜乐法[①]、大婆罗门门萨日哈派的佛之密卷口诀传授给玛尔巴。玛尔巴初闻如听天书，只能笨拙地逐字将经典反复诵读，寻找记忆中的痕迹，终有一日茅塞顿开，还将之前求得佛法的范本翻译抄写整齐，从前未曾疏通之处，如今也都能透彻理解。

人若常常能心满意足，便会感受到幸福从生活的细缝中汩汩流出，这是玛尔巴生命中难得的心满意足的时刻。玛尔巴站在布拉哈日山的最高峰上远眺，远处层云密布，但他已无所畏惧。他是那若巴大师的得意门徒，家乡还有自己的妻儿和温馨的屋舍，他已无惧亦无求。

① 胜乐法：指出现证大乐智道果次第的无上母续和本尊之名。

一念私心的洞察

正在玛尔巴为自己的修法和证悟心满意足之时，挑战很快便来临，如毒药般在玛尔巴心中翻搅不已。

一日师徒二人像往日一样在正厅用斋饭：简单的清汤素面，简单的一两样小菜，在旁人眼中粗劣的饭食却成了两人津津有味的佳肴。

玛尔巴刚刚放下饭碗，门外一道清风掠过，那若巴迅速将碗里最后一口汤一饮而尽，用手抹去胡须上的汤汁，正襟危坐等待来人自报家门。

“那若巴大师，您的名号如雷贯耳，功德修为无人不知，我从中卡其慕名而来，希望大师能传授给我密集的灌顶教授和要门口诀！”来人声如洪钟，气沉丹田，一见便知绝非平常之人。

那若巴朝他微微颔首以示还礼。见上师的反应不同以往，玛尔巴的心不由得上下翻搅，这人究竟有何来路呢？能够让那若巴大师如此敬重，自从自己成为徒弟以来还从未见过师父这般模样。

这比丘名为阿迦悉地，是一位非常精明的班智达，在地方上已经小有名气，只是机缘未到，所以未为人识。可那若巴是怎样的人？他最擅长从石砾中拣拾璞玉进行打磨，让它们光芒万丈。对于这个本领，玛尔巴是再清楚不过了。

见师父脸色和缓，似有应允之意，玛尔巴连忙行跪拜大礼道：“请师父也将这密集的灌顶教授传给弟子吧！”

那若巴大师不再矜持，起身将跪拜的两人扶起，说道：“万事万物都讲究个机缘，如果没有机缘，就算资质再优秀也无济于事。如今你们二人的机缘已经到了，我定会将密集的要义传授给你们二人。”

说罢，那若巴将两人引到坛城之上，三人合圆而坐。只见那若巴大师开口讲法，两人连连点头，时而面有难色，时而豁然开朗。一直到烛台上的灯油燃尽，三人才走下坛城，额间尽是细细的汗珠。

那若巴大师将密集类的广略两种灌顶传授给了二人，这本续中的广论平等不二义，相较一切三千五百颂及注释灯明释等法都更为殊胜，玛尔巴和阿迦悉地心中十分满足。

阿迦悉地向来来去自如，传法完毕后便不再逗留，一心只想要离开。那若巴也不做挽留，只是布拉哈日山雾气弥漫，唯恐他走太多弯路，便让玛尔巴送他一程。

玛尔巴与阿迦悉地两人手持木棍作为手杖，在混沌中涉阶而下，苍翠密林沿路招摇，倘若不是玛尔巴驾轻就熟，二人早已迷失方向。

阿迦悉地一脚踏到一块石子，那石子便自上而下连番滚落，不辨踪影。玛尔巴唯恐他因此慌了神，便闲扯着几句话，让他能够平心静气走路。

“上山总比下山难的道理谁都懂，可在布拉哈日山恰巧相反。”

“是啊，我上山可真算得上一鼓作气，哪里知道下山更是要如履薄冰啊！”

“大德这次要去往何地呢？”

“我将途经你的家乡，想要去中原五台山朝圣。”

“弟子只在经典中对五台山略知一二，话说那可是个好去处啊！”

“是啊，传说那可是中原佛教开枝散叶之所，必然大有看头，只是不知那山与布拉哈日山相比，是不是更加艰险！”

“弟子才疏学浅，只是听说这中原佛教和印度佛教大相径庭，只有我的家乡和印度佛教还算亲近些。敢问大德是否有心在那里长居呢？”

“啊哈，一切看因缘，看造化吧！”

玛尔巴心想，如果像阿迦悉地这样才高八斗的人到达西藏，那今后向自己求法的人一定会有所减少，于是在言语间小心地试探。

阿迦悉地不再说话，玛尔巴在迷雾之中看不清楚他脸上的表情，只是感觉有一道闪电般的目光如刺般穿透自己的身体，消失在白云外。

这阿迦悉地岂是平常之人，他早已在玛尔巴的语气间品到了别样的滋味。在阿迦悉地看来，智慧是一种太过锋利的武器，如果不能有宽厚做鞘，便很容易伤人伤己，最好的方式便是对既知的一切保持沉默。

两人一路无话走到山脚之下，阿迦悉地只是高举手臂挥了挥手，头都没有回一下就告辞了。望着他身上满是褶皱的衣服和破烂的鞋子，玛尔巴不由慨然，这位大德如世外高人一般无所求，自己又将何去何从呢？

天下恶念，唯有专注能破

送走阿迦悉地之后，玛尔巴一连几天食不甘味、睡不安稳，梦中总是出现阿迦悉地在自己的家乡备受瞩目的情景，原先向自己求法的徒弟们都转而成为他的门徒。他知道这是自己的贪念和私心在作怪，总想用打坐来安定内心却不可得，精神上的折磨和对自我的厌弃让他迅速消瘦，眼珠从眼眶中突兀地浮出。

当玛尔巴在安适中被自我发明的痛苦困住的同时，那位云游四海的大德阿迦悉地却在艰辛的旅途中甘之如饴，饿了便吃路边的野果，渴了就饮小溪水，困了便将单衣围成一圈席地而卧，很快就穿越喜马拉雅山脉到达西藏。

阿迦悉地到达时，正值那错译师①在贡塘宫的楼顶上讲授《灯明释》，听法者不绝如缕，将整个贡塘宫围了个水泄不通。阿迦悉地本想凑个热闹，却不料被那错译师一眼看出他不同常人的气质，只见译师走下讲坛，躬身问道："这位'佐给'②从何处来，要到何处去呢？"

阿迦悉地顿时觉得上千双眼睛盯着自己，只好答道："我是班智达，要去中原的五台山。"

那错译师见惯了来此处寻求金子的印度高僧，心中暗笑：这些印度僧人，为了得到金子不择手段，光着脚也要赶到这里，真是可笑！在印度高僧之中，他只听说有一位大德阿迦悉地弘法从不收取黄金，对他发自内心地钦

① 那错译师：名为楚成杰瓦，佛教后弘期著名的藏族译师，曾奉古格王强秋畏的命令，与勒巴协绕一同到印度迎请阿底峡。

② 佐给：原是古印度一教派的名字，这里用来作为称呼阿迦悉地的敬称。

佩。看着眼前衣衫褴褛的僧人，心中猜度他定是吝啬敛财之辈，便语带嘲讽道：“你可认识大班智达阿迦悉地？”

“我便是阿迦悉地！”阿迦悉地用手搔了搔头顶，望着一脸惊愕的那错译师，笑而不语。

“果真是？那便不是来寻求黄金的！这可真是稀奇，这样的事竟然让我遇到了！”那错译师连连高呼，让门徒们把围观的看客劝走，将阿迦悉地恭敬地迎入内室的上座，对他好生供养，亲自服侍。

见那错译师法缘具足，阿迦悉地便毫无保留地把许多深奥广博的显密教法传授给他，对于刚刚学会的密集金刚大法也毫不吝惜。正在传法之时，阿迦悉地眼前忽然闪过玛尔巴黑瘦的面孔，心想：我即使来到此处传法教化，但除了这那错译师，他人与我并无法缘。这里普遍信奉的密教大德，除了玛尔巴将来别无他人。他生于斯长于斯，这里正是他的教化之地，应当由他教化才好。去往中原一路艰险，生命唯恐不保，况且我的机缘教化在印度的乌仗那，还是回印度为妙。

传法完成后，那错译师为阿迦悉地准备了大量黄金和路上所用的物资，拍着胸脯说：“从这里到拉萨如果需要向导、侍从之类的人员，尽管和我说，包在我身上！”

那错译师的慷慨阿迦悉地并没有领受，印度班智达为黄金才来弘法的传闻在此流传已久，这该让多少印度高僧因此蒙羞？阿迦悉地为此羞愤不已，正色回答道：“我要回印度去，根本不需要金子，也不需要侍从。”

“那是什么原因呢？”那错译师觉得莫名其妙。

阿迦悉地便将自己所想的一切说给那错译师听，那错译师点头说道：“即便您要回印度，为了能让我功德获得圆满，请您无论如何也要收下这些金子。”说话时双目泫然，至诚至性也触动了阿迦悉地的心。

“那么，为了圆满你的功德，我就权且收取一点儿金子。”阿迦悉地说着从如小山一般的金子中拣出一小锭，不过一两，就转身启程回印度去了。

那错译师望着他的背影，回味他方才说的话，心想这阿迦悉地口中的玛尔巴定是一位大菩萨。

阿迦悉地回到印度后，径直来到金山寺，见到玛尔巴形容枯槁的模样，心中已经明白大半，对他说："朋友，我已回来了，你所顾虑的事情我没有做，只是做了些教化机缘的事业。"

玛尔巴这才明白自己的小小恶念，早已被阿迦悉地看得清清楚楚。他心想：我心里并不总生出恶念，于心有愧之事也不曾做过，但这小小的恶念就会造成大的过失。从今以后，更应当集中精力专心学法，莫要让私心杂念成为求法路上的阻碍。接着，他将自己的想法如实告诉阿迦悉地，两人拍手大笑。

阿迦悉地拍着肚皮笑道："以前所说的都是戏言，请不要当真。你早在前世就已经发了殊胜的诚心，所以现在颇合那若巴大师的心意，将来你一定能够饶益众生，让佛法发扬光大！"说完便辞别玛尔巴往乌仗那的方向走去。

借阿迦悉地的吉言，玛尔巴在诸位上师那里都得到了圆满的灌顶教授和要门口诀。自他将私心杂念收摄心中，发精进心专习佛法，学业更是如箭般穿梭进步。

第九章　舍不得璀璨俗世

娶妻生子，俗世温暖

学法将要结束，玛尔巴已从诸位上师处学得大量精益佛法，也全部翻译誊写在随身的书卷上。想起在家乡等待他传授佛法的徒弟们、望眼欲穿的妻子和几年未曾谋面的儿子，玛尔巴心中最柔软的地方好似被蜇了一下。

他究竟是高原的子民，骨血之中流淌着恋家的血液，虽然在印度佛法遍地可寻，但能够回到自己生长的土地上，凭着踏实的努力赢得尊重，仍是不可拒绝的诱惑。玛尔巴打点好自己的行装，为那若巴大师举办谢师会供后，便启程返回西藏。

时值梅顿村波等人来请求胜乐灌顶和教授，玛尔巴便在绒地暂时安顿下来。卓窝隆一带的玛尔巴郭勒等弟子听闻玛尔巴回来的消息，不远千里前来迎接。得知此消息，玛尔巴便也从藏绒出发，师徒在娘堆山相遇，一同回到洛扎家中。

妻子达美玛和孩子们早已在家门口守了许久，远远地看到玛尔巴的身影都不停地挥手。临行前还在襁褓中的婴儿，如今已经在地上蹦蹦跳跳。玛尔巴望着几个水葱般的儿女，心中不胜欢喜。

都说世间唯有儿女才是珍宝，玛尔巴到了三十八岁才明白这个道理。人的一生如此短暂，身体渐渐衰老，头脑越发笨拙，财富和名声不过是过眼云烟，而陪在身边的儿女，如同复刻般在眼前回放着自己的青春。

玛尔巴走到家门前，妻子达美玛的脸已不似当初那样光洁无瑕，深深浅浅地刻着时光的印记。当时的婚礼简陋仓促，可她从不曾抱怨，这是他对她一生的亏欠。玛尔巴决心这次安定下来便好好陪伴妻儿，安享平常俗人的天伦之乐。

“阿爸！阿爸！”

耳边传来嘶哑的声音，玛尔巴不由发愣。那个长着和自己一样眼睛的孩子，如今已经快和自己一般高了，尚处于变声期的声音嘶哑难听，但仍连声呼唤着他，这便是他心爱的儿子塔玛多德。

玛尔巴将家人紧紧拥在怀里，仿佛如此便能弥补长久以来缺席的亲情。

他年少时心高气傲、远离家乡，心不懂得如何柔软，只一心想要远走高飞，等到理解父母的良苦用心时，他们已然长辞于世。他发誓不让这种缺憾在自己的孩子身上再度发生。

傍晚，一家人坐在炉火边品尝丰盛的食物，映在脸上的火光时明时暗，玛尔巴将自己一路的趣闻编成故事讲给孩子们听，特别是古古热巴的有趣模样，让达美玛都瞪大了眼睛，忘了碗中的美食。

一切都与玛尔巴离家之前并无差别，甚至让玛尔巴产生自己从未离开过的幻觉。

玛尔巴郭勒信守着自己的诺言，自从玛尔巴离家去印度后，他就一直照顾着玛尔巴一家老小的饮食起居，生意中无论遇到什么样的新鲜物件，都会先拿给塔玛多德几个孩子玩。孩子们从他嘴里了解了父亲不少的奇闻逸事，这才让他们今日的见面如此浑然天成，没有生涩。

玛尔巴年少时曾认为，只有断绝所有俗念才能算得上超脱之人，到了中年之际终于明白了“非大有不可以大无”的道理。如今他结婚生子，也过上了和别人表面相似的生活，却再也无须担心被俗世埋没，因为心中的信念已经坚不可摧。

见孩子已经在自己的臂弯中熟睡，玛尔巴轻轻将他放到床上。窗外明月朗照，如孩子熟睡的面庞一般安宁。玛尔巴大气不敢出一下，只是时而望望孩子，时而望望月亮，一夜未眠。

米拉日巴的业障

早在那若巴身边时，玛尔巴就曾得到授记说：“玛尔巴之一弟子胜于其他人。”当时玛尔巴心中疑惑，这个人会是谁呢？如今想来仍是毫无头绪，目前教授的弟子之中，虽然天资聪颖的不少，但还没发现能够独当一面的大器之材。

所以，当已经三十八岁的米拉日巴前来拜谒的时候，玛尔巴并未对他另眼相待。他宽大的上衣下摆飘飘荡荡，面目黧黑，腮有反骨，据说还曾以咒术消灭自己的仇敌，身上杀气腾腾，如刀如剑，让人唯恐避之不及。

在佛教中，杀生复仇乃是凌厉的恶念，所以哪怕被聂译师坑害之时，玛尔巴也一直持守着善的根本，不曾犯下罪孽。他虽不了解米拉日巴的仇恨到底有多深，但还是觉得以牙还牙实是下策。

常人来求法，玛尔巴便可从基本的佛教仪轨教起，由此循循善诱便可，此后成就大小全凭个人机缘造化，可对米拉日巴的教化还多了涤除恶念、洗刷罪孽这一步，因而显得尤为困难。

所幸玛尔巴是个喜欢和自己较劲的人，他接受了这个挑战。

刚到玛尔巴家的时候，米拉日巴就住在低矮的门房中，每天要做的是打水扫院、种地干活、挑菜跑腿，一连数月做的都是最粗糙笨拙的工作。

一日，玛尔巴走到门房对他说：“你明天清晨到我门前来找我。”

米拉日巴以为自己苦尽甘来，满心欢喜地等待上师将奇妙魔力的佛法教给自己。可次日早晨，玛尔巴只将一把铁锤放在他手中说：“从今日起，你就在这院中建一座九层圆形石堡。”

米拉日巴心想，这一定是上师在考验我的意志，于是以担挑石块，以铁锤敲凿，以尺丈量，好不容易才盖到第五层，玛尔巴来巡察时却说：“米拉，我看这圆形石堡不如三角形的好看，你改一下可好？”

米拉日巴面露难色。每座建筑上的一砖一瓦，都是经过精心计算添加的。而建筑风格形状上的差异，绝非动一两处那样简单。但米拉日巴并没有说什么，只是应允下来，将整座石堡拆掉，重新打地基建造。

这一建又是一个夏天，汗水顺着额头汩汩流进眼眶里，刺痛眼球，米拉日巴也并未停下手中的铁锤。正在他饥饿难耐之时，玛尔巴摇着扇子，抿着酥油茶，来到石堡底端对他说：“米拉啊，你师母说这石堡还是半圆形的好看，你看能不能改改？”

一股无名火从米拉日巴心中蹿了出来，手中的铁锤当啷一声落地。玛尔巴没有丝毫慌张，只是低头叹气道：“看来我是找错人了。”说罢扬长而去。

一阵气恼之后，米拉日巴还是拾起了铁锤重新再来，他宽厚的肩膀已经被石头磨破了好几次，每次不小心碰到就会钻心地疼。

米拉日巴如同古希腊神话中的西西弗，被惩罚日复一日将巨石推上山顶，巨石每每又从山顶滚落到山脚，西西弗便一次次重新推动巨石，诸神认为没有比这无效无望的劳动更为严苛的惩罚了。米拉日巴想：看来玛尔巴上师有意为难，既是如此，就让他为难，看他到什么时候才会满意。

天气逐渐转凉，半圆形的石堡就要砌顶了，米拉日巴在脚手架上翻上翻下，没人看得出他已年近中年。

米拉日巴的石堡建造得越来越快，他仿佛不再是为了建成而努力，玛尔巴几次经过都听到他哼着小曲忙得不亦乐乎。

玛尔巴还是没有心慈手软，就在秋风刮去最后一片落叶的时候，玛尔巴走到正坐在脚手架上吃饭的米拉日巴面前，要求他把石堡改成正方形。

这一次米拉日巴的反应却也出乎玛尔巴的意料，他只顿了一下便点头应允，接着将碗中的饭菜吃完。

初冬的凛冽空气中，行人顾盼疾走，只有米拉日巴身穿单薄的棉衣，举起一块块冷如铁冰的石块，从头开始建造。冬日的石块干硬而不通情理，米拉日巴只能用体温焐热了一块块码堆，建造过程中几度高烧晕厥，却仍然坚持要完成石堡的建造。

在冬日最冷的一天，厚厚的积雪踩上去便发出嘎吱的声响。洛扎的人们惊讶地发现一座九层方形石堡拔地而起，傲视群雄，石墙上每一个缝隙都被砌得如此平整，不用登顶就知道，再也没有一座建筑能像它一样俯瞰整个城镇，只有雄鹰能在堡顶停驻。

玛尔巴望着这巧夺天工的建筑，心中大为欢喜，那位出色的建筑师却遍寻不见。众人在石堡旁的雪堆里发现他时，他已累得昏了过去。能够历尽磨折而不心生放弃，这不正是学法最为珍贵的品质吗？玛尔巴知道自己定是遇到了那若巴口中那“胜于其他人的”弟子，连忙派人将他背进自己的房间，予以亲自救治。

待米拉日巴醒来，说的第一句话就是：“师父，你看我这石堡还要重建吗？”

玛尔巴赧然一笑，道：“你修建得一直都很好，只是为了磨炼你的意志、净除身上的业障，我才一再为难你。希望你不要责怪为师，等你身体恢复我便将密法修炼的方法传授给你。”

为了这一天，米拉日巴已经等待了太久，他顾不得羸弱的身体，扑通一下跪在上师面前，双手合十，虔心为上师祈祷。

后来米拉日巴跟随玛尔巴学法七八年，在他四十五岁那年，母亲去世，妹妹流亡，但是他仍遵照师命到吉隆、聂拉木的深山之中苦修，终日以野草清水为食，坐修秘密真言达九年之久，最终获得了即身成佛的正果。他将玛尔巴各项佛法发扬光大，广收门徒，所收徒弟中不乏日琼巴、塔布拉杰等杰出人物，终成藏传佛教噶举派一代宗师。因他修脐火轮法，冬日穿单衣即能抵御严寒，因而被大家称作“米拉日巴”，意为“穿布衣的行者”。

傲慢在清净心中无法滋长

新落成的石堡窗明几净，无处不流露出建造者独运的匠心，塔玛多德也即将成年，玛尔巴不胜欣喜，便为这两桩喜事操办了庆贺宴。

如云的宾客仿佛要将新房的门槛踏平，人们摩挲着栏杆上精美的雕刻赞不绝口，直到中午才落座完毕。达美玛一直忙于准备会供用品，直到每个人都找到合适的位置才放心安坐。

宴席间，在众人的推波助澜下，玛尔巴和儿子塔玛多德开始互相辩论佛法。

自印度求法归家后，玛尔巴便将大半的心血投在塔玛多德身上。塔玛多德聪明伶俐又善于领悟事物的真谛，不久就能够和父亲进行论辩，洛扎地方的人们都对他的才华赞不绝口，料定他将会是玛尔巴的衣钵继承人。玛尔巴心想，儿子已经在自己的光环下生活了太久，现在是时候让洛扎地方的人更好地了解他了。

父子俩的辩法思维缜密、条理清晰，却又如鱼行水中般无迹可寻，听者有的低头沉思，有的顾盼左右，有的交头接耳，想要努力弄清两人话中的含义。

在众人尚未缓过神来的时候，玛尔巴叹口气道："好吧，这次你胜了！"

人群中掌声雷动，可除了几人的目光中确确实实流露出赞许，其余人只是跟风而已。

年轻气盛原本是寻常之事，塔玛多德仿佛为掌声所鼓舞，言语更加大胆起来："俗话说得好，苦行者是搅拌酥油茶的木棒，获得成就者却是那盛茶的木勺。父亲你历尽艰难求得佛法，可如今修持不还是需要我来吗？请父亲不要再说了！”说完便耸动肩膀哈哈大笑，众人中也有插科打诨者连番应和。

年轻时，人最容易犯的错便是傲慢，目中无人、自视甚高、始终与老派的势力站在对立面，这都是情有可原的。玛尔巴想起自己之所以能踏上远行印度求法之路，或许还真是因为那么一点儿傲气。可也正是因为这么一点儿傲气，他穿越沙漠泅渡毒海洲，两度求法直到鬓发苍苍才将傲气消磨殆尽。

玛尔巴忽然明白了父亲当初的苦口婆心，他想让塔玛多德的路走得更加平顺一些。

“儿啊，你可知道傲慢心如同山峰难以留住知识的流水啊！只有那虚怀若谷之人才能获得佛法的真味。你如今能够轻而易举地听闻佛法，全靠父亲我的恩德啊！如果你今后还想得到更多贤者大德的指教，便要牢记务必不可太过傲慢，你且听听我为你唱这首歌。”玛尔巴面皮一阵发紧，憋红了脸才慢慢唱道，“我的儿子塔玛多德啊，你可要将父亲的教诲牢记于心，我过去将诸多家财变卖，只想一心求法，幸而得到上师那若巴的青睐，保我无灾又无难。我当即发心一定以普度众生、弘法为事业。现在我已经垂垂老矣，法性将灭，而你灼灼其华，正当机缘，当以弘法为正路。若你真能如此，也算了结了我的一桩心愿。”

方才那些帮塔玛多德起哄的青年此刻都噤了声，塔玛多德也似乎从人群炙暖的气氛中缓和过来，羞惭地低下了头。

塔玛多德忽然意识到，无论如何，他在自己的父亲眼中也不过是个孩子，无论他声震四海抑或一事无成，父亲总能找出办法教育他，这让他无比恼火。

塔玛多德顾不得达美玛的阻拦，转身跑回自己的房间。他只是需要一段时间独处来平衡自己，长久以来活在父亲的光环之下，让他太过疲惫也太没有存在感了。他想知道：没有了父亲，他还能做些什么？

这是他在成年之际心中最大的疑虑。

瞥到塔玛多德慌张的身影，玛尔巴并未声张，只是在与达美玛眼中的焦虑相遇时，朝她轻轻地摆手，示意她顺其自然为妙。

转瞬之间，玛尔巴已经回到了宴席之上，举起手中的酥油茶向各位宾客致敬道：“感谢我佛的恩德，感谢米拉日巴的辛勤劳作，也感谢诸位前来捧场，今日新房新气象，我权且献丑唱上一首祈祷吉祥的歌谣，希望诸位莫要见笑！”

玛尔巴说着便将木碗中的酥油茶一饮而尽，将木碗翻扣在桌上，以汤匙击打节拍唱了起来。

歌谣轻松诙谐，句句讲着“吉祥又吉祥”，听到的人都忍俊不禁，如同见到彩色祥云在眼前飘荡，连正在思索人生大事的塔玛多德也不由得连连向窗外张望。

人群散尽后，玛尔巴欣然领受了俄巴等弟子和诸位施主的供养供品，真心希望他们种下的善根，他日都能累积成无价的善果。

一只白鸽在屋脊上欢快行走，时而振翅时而蹦跶，在自己的领地不胜自在。会供席上的玛尔巴和屋内独处的塔玛多德同时抬头张望，两人目光交错，相视一笑，转眼间鸽子扑棱着翅膀飞入云端。

第四卷

施受｜在命运中停驻，成全自己

你在哪儿停驻，
哪儿就被我守望着。
一个谎言般美妙的誓言，
让我欣然成全自己。

第十章　誓言，就像呼吸一样

我从未忘记自己的誓言

新收的徒弟米拉日巴着实让玛尔巴省心，他的颖悟与塔玛多德不同，属于大器晚成，因而更加可贵。玛尔巴将继承法嗣的灌顶和教授赠予他后，便让他在洛扎达聂地方闭关苦修，以求更加精进的境界。

家中的大小事务由达美玛一手包揽，玛尔巴全不费心，如今徒弟个个出类拔萃，也着实让他安心不少。生活一旦产生新的空缺，便会由记忆来填补。

日子一晃便是十几年，一个春日多眠的午夜，窗外磨人的猫叫终于把玛尔巴从睡梦中惊醒，已经沉积在时间底部的记忆碎片缓慢浮动上升，充斥着他的整个脑海。

从印度出发前，那若巴大师曾将手放在玛尔巴的头顶，为他轻声唱歌，保佑他佛法精进有为，能为法界除恶扬善，造福一方。唱词哀婉动人，歌唱中似有带着温度的泪珠滴落。歌云：

“虚空妙花的勇士，石女之子跨上战马，手拔龟毛驱除魔咒，手持兔角降魔棒，将法界中的妖魔铲尽，便会有奇迹发生：从此哑者能言盲者能视，聋者能闻跛者能行，日月欢舞海螺声响，幼小童子能将法轮转动！”

玛尔巴闭着眼睛感受着那手掌的厚实温暖，有催心之力亦有回春之绵，让他恍惚中将其错当作自己的父亲。

待玛尔巴睁开双眼时，只见那若巴大师双目泫然，郑重地开口说道：“徒儿，我已老迈不中用了，不知能否撑到与你再度相见之时。但无论如何，你都要赶来一次啊！我还有夺舍法等一些口耳相传的密咒传授给你，无论如何都要再来印度一次啊！”

玛尔巴听到这话，两眼的泪珠如断了线一般往下落，没有说明自己是否听懂，也没有再问颂歌的用意，只是四指向上指向天空，表明自己信守誓言的决心。

此时窗外太阳已经冲破地平线，在色卡石堡底端徘徊不定，玛尔巴望着初升的太阳，心中产生了沮丧之感。此之前每逢太阳初升，他的身上就会有使不完的劲儿，可如今浑身绵软，倘若不是因为生活太过安逸，让骨头都变酥了，便是因为衰老猝不及防前来拜访。

他宁愿相信是前者。

当他再次四指向上高高举起手臂时，太阳已经蹿到了半空中。他想，我玛尔巴怎么会是背信弃义之徒，更不会被眼前的安逸磨折了心性。意志是一把太容易生锈的刀，如果不能时常磨砺，便会成为废料。

他始终是一头无法被困在笼子里的猛虎，思及此处玛尔巴顿时觉得热血上涌，当即召集玛尔巴郭勒等一众弟子，说明要到北方的伍茹出行传法筹集金子，却并未透露去印度的心意。

玛尔巴郭勒第一个起身响应，不少平日受恩惠却无以为报的弟子也纷纷起身响应。

此时玛尔巴译师的名声在西藏地区已经广为流传，人们说起密教大德总会把他排在前面，能向他学法更是荣幸之至，这让玛尔巴的筹金之旅变得尤为轻松。

众人带着足量的驮马、粮食、经卷和一些换洗的衣服上路了，玛尔巴郭勒担心师父年纪已高，特意为他安排了轿子，玛尔巴却执意和大家一样骑马。玛尔巴郭勒只好找最好的工匠打造最舒适的马鞍，并为师父选了一匹吃苦耐劳的坐骑。

骑着高头骏马，在空旷的野外呼吸湿润清凉的空气，刚浸过雨的地面隐约冒出绿意，让人无法想到难过的事情。玛尔巴和众位年轻弟子一起哼唱着小曲，感觉自己又回到了无忧无虑的少年时代。

传法进行得非常顺利。玛尔巴传法并不只关注供养金子的多少，主要看求法之人的造化和机缘。倘若是有缘之人，只拿出一厘黄金玛尔巴也不会将他拒之门外，因为这个缘故，许多俗人都对他分外崇敬，不将他与一些只为敛财的僧人混为一谈。

玛尔巴传法的队伍行进缓慢，但不到十日就收到了几十两黄金的供养。玛尔巴叮嘱玛尔巴郭勒将金子妥帖收好，却并没说明用意。他想：连我骑马他都担心不已，更不要说是去印度了，如今最好谁都不要告诉，等到金子筹好我径自去了便是。

玛尔巴郭勒是生意人出身，心思缜密却不愿强人所难，见师父一副神神秘秘的模样也不多言，只是闷头赶路。

正在众人无话之时，一位老妪手捧一两黄金拄着拐杖颤颤巍巍地向大家走来。

“请问哪位是玛尔巴大师？”老妪声音嘶哑。

“我便是。请问老人家可是想要学习佛法？”玛尔巴回道。

老妪一看慌了神，连忙摆手道：“请上师下马安歇，不是我要学法，是我那不争气的儿子，从小就喜欢听人家讲经，如今双腿残废了，可还是想要学法，听闻玛尔巴大师路过此地，我特来此迎请您，不知上师可否将佛法传给我儿子？”说罢便要跪下。

“老人家快快请起！既是精诚之人，即便没有天赐的机缘，也算是自我成全，我定当鼎力相助。”玛尔巴说着翻身下马，示意弟子们将老人家扶起。

在一间简陋的茅屋之中，众人见到了老人的儿子。那男子虽年近四十，但目光澄明清澈，犹如赤子，玛尔巴一看便心生欢喜道：“我与你定是有法缘的！你尽管提出要求，凡是你想要学的，我都愿意教给你，不必在意供养一事。”

母子俩听了喜出望外，便让玛尔巴上师为他传授欢喜金刚的灌顶，玛尔巴欣然应允，当即为他灌顶。

或许因为此人心有慧根，传法进行得非常顺利。然而就在要做结尾的仪轨之时，玛尔巴忽然鼻息声起，跌入睡梦之中。

众人原本一直安静地在一旁等待，此刻都忍不住笑起来。想来是旅途太过辛劳，未能让上师好好休息的缘故。

如梦如幻的三仙女

眼前的迷雾逐渐散去，玛尔巴觉得眼前的一切越发清晰，仿佛仍是梦中，又仿佛身在幻境。玛尔巴只见到朦胧中有三位曼妙的女子朝自己走来，她们清一色穿着绫罗彩衣，依次为鹅黄、青黛、玫红，自上而下颜色逐渐加深，身上以骨骼为配饰，微风轻拂，衣角随之飘动，更衬得身姿婀娜、眉眼灵动。她们自称是为解说那若巴大师颂歌中的隐意而来。中间的那位说完便开始唱起来，左右两人在一旁和声：

“空行是虚空的妙花，耳传是石女马，龟毛无言，兔角无生，笛洛杀敌于法界。哑者远离言说和思议，盲者可见无所见之真谛，聋者自性法身，跛者如光明疾行，日月即是喜金刚，舞可聚众为一体，螺能美名传四方，吹能吹向有根器，轮者即是胜乐轮，毋有贪心执念缠，永葆孩童赤子心！”

三位仙女唱完便径自飘去，空留玛尔巴一人在皓然的洁白中。玛尔巴仔细回味，霎时明白了上师的良苦用心。

众人只见玛尔巴双手合掌，两道泪水向下流淌如注，不由得大惊道：“上师您怎么了？”玛尔巴旋即睁开双眼，望着身边一众弟子大声喝道：“我得急速赶往大德那若巴大师那里去，不能稍有延误，明日就启程！”说完将结尾的仪轨做完，收下老妪及其儿子执意相赠的一匣金子，便踏上返家的路途。

路上玛尔巴郭勒忍不住好奇地问道：“上师传法之际忽然泪流，请问能否将其中原委告知弟子呢？”另外几个徒弟听到他的话也凑了过来，玛尔巴便将前后原委讲给大家听。

玛尔巴郭勒听完讲述后道："请上师也把我们几个弟子的供养和器物等变卖成金子吧！"

这正合玛尔巴的心意，于是他吩咐弟子去办好。与弟子们一起赶回洛扎，又花去几日。

听闻玛尔巴归来的消息，正在达聂地方闭关修行的米拉日巴气喘吁吁地赶到家中，尚未与玛尔巴尽师徒之礼，便开口说道："弟子做了一个神奇的梦，醒来总觉得有蹊跷，便赶来报告上师。"

"你坐下来慢慢说。"玛尔巴缓步语迟。

"弟子梦见一位通体青绿色的女子，身穿绫罗，佩戴骨骼为饰，眼睛和颔须皆为金黄色，走到我面前说：'你如今虽然获得需要长期修行才能够成佛的大手印和六成就法，却没有不费吹灰之力便可即身成佛的迁识夺舍法。'说完就走了。"米拉日巴抱头做回忆状，接着道，"我也不知道这梦是吉还是凶，是授记的启示还是修行中的障碍呢？我想上师您也是三世佛陀①，不可能没有这些法要，所以前来请求指点。"

玛尔巴恍然大悟道："这一定是空行母来做的授记指点。我从印度回来前，那若巴大师曾提过迁识夺舍法和耳传法要，当时我并未领悟，也没有向他恳求教授，现在我们一起查阅梵文原著吧，看看能不能找到什么端倪。"

玛尔巴从内室的书架上挪走一些寻常书籍，在书架后端的石墙洞中，仍有不少佛法经典。师徒两人将它们搬到阳光下晾晒，掸掉散发着陈旧气息的灰尘。所幸米拉日巴跟随玛尔巴学习了不少梵文，如今阅读原典没有一点儿障碍。

时间溜走得浑然不觉，两人仔细查看，从午后一直翻到太阳下山，果然找到许多关于迁识法的记载，但对于夺舍法却只字未提，不由让人更加好奇其中的玄妙之处。

"师父，这夺舍法会不会因为是内传之法，从来没有记载，只能单传呢？"米拉日巴问道。

---

① 三世佛陀：也称三世诸佛，包括过去佛燃灯佛、现世佛释迦牟尼、未来佛慈氏怙主。

玛尔巴慢慢地松开手中的书，闭上眼睛点点头，任由胡须在风中飘扬，想到空行母在梦中对上师隐语的种种指点，似乎也是希望他前去印度求得此法，不由得大声感慨："我得赶快到印度去才行！"

达美玛听说年迈的丈夫又要去那遥远的印度，想他不过是一时兴起，没有为他做任何临行的准备。众位子女和弟子见师母如此，也就只当玛尔巴在说笑，各安其事，不再过问。

见众人毫无反应，玛尔巴不由赌起气来，一家人吃饭他不去，达美玛来送饭，热的送来凉的送回，样子都没有变过，这下大家终于相信他是去意已决了。

达美玛带着孩子和几个亲信的弟子来到玛尔巴居所门前，试图劝说他改变心意。达美玛声情并茂地说："玛尔巴，你看你现在一把年纪了，若早个十年说去印度，我一声都不会吭。只是现在你年纪这么大了，还有风寒病，身体又不似先前硬朗，这去印度一路上风雪交加，你可未必受得了啊，一旦有个三长两短，让我们这一家怎么办啊！"说着就哭了起来，连连向几个孩子挤着眼，孩子们会意后都声带哭腔努力表演。

玛尔巴心中烦躁不已，一挥手喝令道："行了！无论你们怎么说，我已经在那若巴大师那里发过誓了，一定要去印度拜见他一次。那若巴大师还特别叮嘱我要如约前往，不论遇到什么风险，我都得去一趟！"说完将头撇到一旁，不再理会。

众人见他这副模样，都无可奈何地摇了摇头，达美玛和几个弟子商量过后便将玛尔巴去印度筹办的金子藏在了隐秘处。玛尔巴遍寻不到，急得直跳脚，冲他们喊道："我若力不从心也就算了，可我现在身体硬朗得很，而且已经在上师面前发过誓了，与其违背誓言，还不如死了算了！"

达美玛连呼"罪过罪过"，却仍然没有将金子藏匿之所告诉他。

玛尔巴心中郁闷难平，气冲冲地走回居所的床上侧卧睡觉，屋内月光明晃晃得让他难以入眠。

纵然一死，我也要去

第二天天色大亮，玛尔巴房间的门仍然紧紧地合着。一位担水扫院的弟子几次来回，都没见到门打开过，心中正在犯嘀咕，忽然听到撕心般的叫声："上师不见啦！"

众人推搡着挤到玛尔巴大师的居所内，只见屋内物品没有减少一样，床铺也铺展得整整齐齐，翻遍了所有房间也没见到上师的身影，只是马厩里少了一匹好马。

达美玛一时六神无主，只能央求玛尔巴郭勒："你可千万要将你师父找回来啊！他自己一个人在外面不会有什么事吧！"说完捂着脸哭起来。

玛尔巴郭勒安慰她道："请师母尽管放心，我这就和米拉日巴几个人一起分头找师父，他应该还没有走远！"说完和米拉日巴开始分头寻找。

想到师父要去印度定是向西南方向行进，米拉日巴向南，玛尔巴郭勒向西，开始了地毯式搜寻。洛扎地方的人有不少认识玛尔巴大师的，但都说没有遇见，米拉日巴心想师父如此聪慧，定是沿着僻静小路易装骑马而行。

米拉日巴在建造石堡时便已对洛扎附近的树林山坳了如指掌，不到一盏茶的工夫，就在小树林中望见一个身披白色披风的蒙面人，看样子他正准备骑马涉溪而过。米拉日巴叫其他弟子不要出声，转身绕行到溪水的另一端，只等玛尔巴刚刚走到对岸便勒住马嚼，让玛尔巴进也不能退也不能。

"米拉，你这是在干什么！"玛尔巴怒喝。

可米拉日巴仍旧死死攥着缰绳不肯松手，干脆跪在了溪边的碎石之上，膝下沁出滴滴鲜血，苦苦哀求道："请上师随我们回去吧！"其余弟子见状也扑通跪下。

玛尔巴气得一把扯掉脸上的白色面纱，说道："你们这是在做什么？我宁可没有给上师供养的东西，也不愿违背誓言，就是没有金子，我也要去印度！"

大家见他仍旧不改心意，便缓和道："那么无论如何请先回到卓窝隆啊，从那里到印度也不算迟。"

见溪边石子已经开始变得殷红，玛尔巴于心不忍，只好点点头，翻身下马。

回到卓窝隆，众弟子让上师稍作休息，正巧玛尔巴郭勒闻讯赶到，众位弟子便在上师面前顶礼劝说道："上师年纪高迈，您可还记得，在去往印度途中一处名为贝莫贝塘的荒漠？那里即使是盛夏时节也会让肌肤尽裂，绒地和尼泊尔又酷热难挨，恒河惊涛拍岸，水势凶猛。而如今在印度边远地区的一些必经之地，遍地饿殍，盗匪横行，这些可都是师父您告诉我们的。倘若您有一点儿闪失，让我们这些受您恩泽的人，让我们这里尚未有幸得到佛法教化的人可如何是好呢？"

米拉日巴也接着说道："上师，都道慈悲的力量是不分远近的，现在就请您在此住持吧！若是人们想要实修，我们这里从前译出的法要已经足够；若是上师觉得还不够，可以请您的儿子塔玛多德带领侍从前往求得，您只需要让他携带亲笔信即可，无须亲力亲为。"

玛尔巴抿着干裂的嘴唇说道："上师的慈悲之心虽然没有远近之分，但我已经向那若巴大师发誓要去，誓言万万不可更改。况且我此次前去领受未曾求得的教授，也正是为了众生的福祉，若不是空行母为我解析那若巴大师话中的含义，一再鼓励我前去，我或许还不会产生这样坚定的信念。这件事本来塔玛多德可以代我去，可他如今年纪太轻，对事理理解不够透彻，恐怕难以完成使命。更何况老马识途，我和上师说的是我去，没说让儿子代劳啊！这次无论命运如何安排，我要去的决心是不会再变了。就是这次死在路上，我此生也没有遗憾了！"

玛尔巴言语中气贯长虹，接着唱起道歌来明志，歌声震耳欲聋，众位徒弟不再阻拦，双手合十恭送上师。

仓促之中弟子将供养换成黄金一碗，方便玛尔巴随身携带，玛尔巴独身一人又一次踏上去印度的道路。

行至香地的郎波拉，玛尔巴恰巧与来此弘法的阿底峡尊者相遇。这阿底峡原是印度那烂陀寺的掌堂师，出身王族，心肠慈悲，举止得体，常常到那若巴大师处求佛法。他对法主麦哲巴使用“誓物”[①]心怀不满，因而稍有微词，但并非不愿约束私欲，他对戒律十分看重，如今不辞劳苦翻越雪山，特为弘扬佛法、普度众生。

玛尔巴一见他便欢喜自生，请求他传授吉祥金刚鬘法，尊者欣然同意。传法之后两人对坐闲谈，玛尔巴向他仔细探问那若巴大师的近况，心中祈盼上师平安健康。

阿底峡嗫嚅良久，还是说了下去：“那若巴早已佛事圆满，径自去那非人的部众做首领了。如今你继续去印度，还不如做我的译师，在此地弘法益于众生来得痛快！”

听了阿底峡的话，玛尔巴头顶如有闪电掠过，愣了半晌还是回答：“即使见不到上师，我无论如何也要去一次印度！”两人就此分道扬镳。

《藏传佛教故事》记载：“（阿底峡）协助当地僧人仁钦桑波翻译了大量显密经书……为阿里僧人讲解显密教义，传授密法灌顶……阿底峡在阿里住了三年，写下了影响深远的《菩提道灯论》。以后藏传佛教又进入一个发展的新时期。”

这是两个大成就者一生中短暂的相遇相知的时刻，他们互诉衷肠，然后各自孤独踏上旅途。或许得成就者总得与孤独相伴，又或是孤独成就了人的伟大。这两个人，一个后来成为藏传佛教一派的开山祖师，一个后来成为名扬藏族地区的异域高僧，供奉他们的香火至今仍在那里流传不朽。

---

① 誓物：有两种说法，一种指经过诵咒加持的器物或药品，另一种指佛教徒修行所用的法器。

第十一章　未见面，不言聚散

上师的遗嘱

俗话说，“眼见为实，耳听为虚”。玛尔巴并不怀疑阿底峡尊者话里的诚意，只是不习惯放弃，他更愿遵从自己内心的决定。

一路黄沙漫卷，草色迷蒙，玛尔巴明显感觉到体力不支，几度将要晕厥，幸好马儿始终以体温提醒着他保持清醒。待到走出荒漠时，玛尔巴感觉全身骨头都要散架了。

在清苦的跋涉中，骏马带他马不停蹄地从家乡来到了尼泊尔。在尼泊尔，玛尔巴找到基特巴和本达巴两位师父，心想他们是那若巴大师亲近的弟子，应该对此事了如指掌。

两位师父已经老得不像样了，基特巴大师口中牙齿没有几颗，一张嘴瘪得如同风干的橘子，一句话断断续续说了好久才说明白：“那……那若巴……大师……早……就……已经圆寂了。”说完双手合十，双目紧闭。

这简单的一句话听在玛尔巴耳里却比什么都要难受，他感到心脏位置的疼痛如同针刺般尖利，原来锥心之痛是真实存在的。他语带哭腔地问道：“那么，和上师今后再也无缘相见了吗？”

基特巴顿了顿手杖，说：“你可是起了誓许了诺的弟子，那若巴大师又是智慧具足、通达缘起之人，你们的机缘尚未了结，必定能再相见。你就好生供养，诚心祈祷吧！”

玛尔巴心想，基特巴师父人虽老了，但头脑仍然颇为灵光，我应该按照他所说的去做。因而即刻与两位师父道别，前往印度布拉哈日山。

到达布拉哈日山前，印度的凋敝景象让玛尔巴看得心痛难忍，混战中饥饿的孩子、衣不遮体的女人，老人们空洞的瞳孔中透着忧伤。金山寺的金顶已经蒙尘，玛尔巴心中掠过一丝阴影。

待玛尔巴满身大汗地爬上峰顶，来开门的，正是当年引荐他来此的沙弥喜饶僧格。

皱纹早已爬遍了当年吹弹可破的肌肤，圆润的身材如今也能清晰地看到骨节，玛尔巴深深地体会到了物是人非的滋味。

没等玛尔巴开口询问，沙弥喜饶僧格就说："玛尔巴，你来晚了。那若巴大师早在去年正月上旬就已经圆寂了，这期间你在做什么呢？"沙弥喜饶僧格语气平淡，并没有责备之意。

"我那时正在筹办来印度所需的金子，正在那时得到了空行母的指点，要我来印度求得上师的耳传法要。"玛尔巴接着将当时梦中的情景详细地讲给沙弥喜饶僧格听，又说道，"听闻空行母的劝说，我就赶快前来。这下我再也没有与上师相见的福分了！"

沙弥喜饶僧格见玛尔巴一脸沮丧，轻轻拍了拍他的肩膀。

玛尔巴忽然抓住沙弥喜饶僧格的两只手臂来回摇晃，道："那若巴大师临终前，你可否向他求得了耳传法要？大师有没有提过我，给我留下什么遗嘱了吗？"说罢大声呼喊着上师那若巴的名字，痛哭流涕。

沙弥喜饶僧格见他失心疯的模样，眉梢向下，心生悲戚道："你所说的耳传法要，我连听都没听过。那若巴大师圆寂前的一天，还对我说：'他一定会来的，你把这些东西转交给他。'我就快快将东西收好，不料一对金刚铃杵被人盯上了，不久就不见了踪影。只剩下这两幅本尊画像，我一直带在身上，从未离身。"

玛尔巴双手颤抖着从沙弥喜饶僧格手中接过卷轴，慢慢展开，往事也决堤般倾泻而出。

从不谙世事的年少时期到古稀之年，那若巴大师不动声色地看着他像竹子一般拔节成长。他为自己引荐诸位名师，无论何时归来都视若珍宝，相对于传道授业解惑的良师，玛尔巴觉得他更像是长辈一样弥补了父亲在自己生命中的缺席。

为了避免玛尔巴滋生骄惰傲慢等种种恶德，那若巴大师将他派去最为艰险苦寒之地，让他在绝境中求生，反复锻造锤炼他，直到他足以担得起所有殊荣和光耀。最后看着他带着周身的光芒返回自己的故乡，自己却独自走回冰冷狭小的卧榻之上，了此余生。

玛尔巴想到那若巴大师为自己所做的一切，心中酸楚，匍匐在地，泪流满面。泪水打湿了单薄的棉衣，如点点梅花散落。

沙弥喜饶僧格劝慰他："你对上师的敬慕之情，他若有知定感欣慰。你渴望与他相见的至诚之心，与他独具慧眼的慈悲之心相融相通，你们今后一定能再相见。你可以用这些黄金为他举办会供祈福。现在你应该到麦哲巴大师那里去，他既是那若巴大师的弟子，又是你的上师，你应该去他那里祈祷。"

玛尔巴听闻后立刻抹去泪水，朝麦哲巴大师的居所走去，沙弥喜饶僧格尾随其后。

在授记中寻找您的踪迹

供上鲜美的饮食、洁净的清水，日夜不停地念诵一月有余，玛尔巴心神俱疲，却未有一丝懈怠，终于得见那若巴上师的授记："宝屋之顶悬挂着万千珍宝，美女在镜中顾盼自若，飞鸟翱翔呼啸而过，梦见舵手放船只出海，吉祥那若巴定能见到。"

沙弥喜饶僧格说："这可是吉兆，你现在可以到拜希瓦桑布大师那里，他既是你的上师，又是与那若巴大师互相学习的大德，你再去那里祈祷一个月。"

玛尔巴便再次涉过毒海洲，与古古热巴一同祈祷一个月，再度得到授记："吉祥尊者那若巴，深谙大象观照法，两眼灼灼如日月，梦见光芒普照雪域，定能见到那若巴大师。"

玛尔巴心生欢喜，又按照沙弥喜饶僧格的指点，到那若巴的弟子骨骼庄严瑜伽母的尸陀林中祈祷一个月，再次得到吉祥的授记："宝瓶中的酥油灯燃起，光明遍布人间，一定能见到那若巴大师。"

沙弥喜饶僧格告诉玛尔巴："那若巴大师对我恩惠也非同小可，也可以在我这里做一个月祈祷。"玛尔巴欣然从命，再度获得吉祥的授记。

此后玛尔巴又到那若巴的金刚兄弟日日巴和噶索日巴金两位大师处祈祷，授记说："前世具贤婆罗门，种姓高贵的法王，善贤做证做祈祷，最后定能相见面。"

玛尔巴一脸迷茫，不懂这与自己见上师的想法有何关系。日日巴为他解释道："这授记中的具贤婆罗门就是那若巴大师，种姓高贵的法王就是你，而我就是净善仙人，噶索日巴金就是婆罗门贤，有我们两人做证，为你祈祷日后重见那若巴一面，一定能得到准许。"

玛尔巴做完这些祈祷之后，得到的回应都是吉言，心中不免畅意难平，恨不得立刻与那若巴大师见面。

玛尔巴几日坐卧不宁，满心想的只是与那若巴大师见面。

附近的山涧、树林和村落几乎都被玛尔巴翻遍了，也没有寻到一丝那若巴大师的痕迹。玛尔巴心中烦闷，便悄悄收拾起行李，未告知沙弥喜饶僧格就独自远行寻找上师。

天色向晚，玛尔巴尚未见到人烟，便只好不歇脚地赶了几里路，直到走到一处看似巍峨的城门之处，他才见到一座城的迹象，城门上面赫然写着“赤果孜巴城”。

玛尔巴拍脑袋一想，拿出随身携带的路线图，自己竟然走错了方向，正要转身之际，两把冰冷的大刀横在身后，同样冰冷的声音响起：“这位仁兄，凡是走近赤果孜巴城的人，就没有即刻离开的道理。先和我去见国王。”

厅堂之上金碧辉煌，国王三角眉、吊梢眼，一个硕大的鼻子几乎将整张脸占满，故作威严地询问着玛尔巴的来历。

“尊敬的国王陛下，我是来印度求法的僧人，适逢我的上师那若巴圆寂，我得到授记特来寻觅他的踪迹。”玛尔巴言辞婉转而坚定。

“哦，原来是求法的僧人，”国王斜瞟着玛尔巴，拉长声音说，“我也喜欢佛法，不如你来给我讲法吧，我来给你供养。”

玛尔巴欠身表明自己急切寻找上师的心意，说明寻到上师后便来传法，决不食言。

不料这国王根本不是向善之人，他听说从山那边来求法的僧人都是好骗的金主，当即下令将玛尔巴软禁起来，并将他身上的金子一同掳了去。

眼看寻师成为泡影，玛尔巴几度想要破门而出都未获成功，只能在原地打坐，不吃不喝，想就此了结生命，或许还能与那若巴大师早日相见。

玛尔巴的无声抗议让国王手足无措，对于这个始终如一、暴力强权都无法将他左右的人，国王一点儿办法都没有，最后只好放他自由，还送给他一包鱼和六升米，为他指路说：“你从这里一直向东走就可以了。”玛尔巴拱手相和，踏出今生都不愿再来的是非之地。

跋涉八个月，只为和您相见

玛尔巴如今身无分文，只有两条走不倦的腿和一颗屡遭磨折也未曾改变的心。连续走了一个月的路，脚上的草鞋已经散乱，玛尔巴只能找一块大石头坐下修补，修着修着就因过度劳累坠入梦乡。

梦中，那若巴大师骑着一头威风凛凛的雄狮，身旁两位瑜伽母衣带飘荡，美轮美奂，她们一个叫占那玛地，另一个叫古那玛僧哈，在日月之上轻歌曼舞，极尽柔媚之姿。

玛尔巴立即叩头祈祷，只听到两位瑜伽母脆声说道："此乃那若不二双运身，两位明妃立于身旁，骑着雄狮在日月之上边舞边唱，莫要被这梦境迷惑！"

醒来后，玛尔巴怅然良久，心想，这应该是上师提醒我不要被外物干扰，只需要一心向前，我照做便是。他起身修好草鞋，再度走了一个月，正巧这时本达巴大师来到印度，玛尔巴便请求与他结伴寻找那若巴大师。可本达巴大师走一段路就要歇上一歇，玛尔巴无论如何也等不及，有时便和婆罗门金鬘童子一同结伴，仍然没有寻到任何蛛丝马迹。

玛尔巴整个人瘫坐在地上，一点儿力气也没有，一连几月的清苦旅途让他严重营养不良，天空中的云彩竟然出现重影。正在这时天空中传来声音："即便是虔诚不懈的良马，若不能以精进的鞭子驱使也是徒劳。那挣扎的困兽啊，困住它的不是网就是轮回。"

这寓意深远的话语让玛尔巴回味良久，想必自己应该更加勤勉才行，如此想着又走了一个月。

这一个月，玛尔巴没有召唤任何同伴，只身一人外出寻找，路上化得一些金子取用。正在呼喊之际，见一个身挂短笛，头发一圈剃光，只留下中间一根小辫的小孩蹦蹦跳跳地叼着树叶玩，玛尔巴便将那若巴大师的特征描述了一遍。这孩子听了连连点头说自己见过，玛尔巴喜出望外，随手拿了些贴身的东西赠给他作为礼物。

玛尔巴继续前行，果然在大树的浓荫处见到了一个足印，仔细一看正合乎那若巴的左脚，他开心地将足印处的泥土顶在头上，以示顶礼膜拜，不久就听到林间声起："足迹如同飞鸟掠过，难以辨别方向啊，若不知晓这个道理，一味如狗追寻飞鸟的行迹，只会茫然失去方向啊！"

玛尔巴觉得这话有道理，不再循着脚印向前，而是按照原来的方向行进，第四个月时到达一座青山之下，只见一位身穿脏兮兮的黄衣服的瑜伽士背向而立，他不敢确定是否是那若巴大师，只好踢着地上的土块，这时这人忽然高声唱起歌来："无论何人身在无生之界，心性、法性和法身，不要因怀疑而心神不定，如同两头尖的针一般一无所成。"说完就挥袖而去。

玛尔巴听此言心中惭愧不已，又开始了寻师之旅，终于在第五个月见到了那若巴上师的真容，可上师又是只留了几句话便离开："如彩虹般绚烂，却不要有任何贪念，否则便会如盲人般无可追寻，怎能了悟事物的真谛呢？"

眼见上师刚刚现身又再度离开，玛尔巴心中苦痛不已，心想定是自己修为不够，让上师心生不满，他没有退缩，再度启程追寻。

到了第六个月，一股直觉将玛尔巴牵引到了沙滩之上，玛尔巴虔心祷告，献上黄金曼扎，请求那若巴大师为自己传法。

那若巴告诫他："万物之本即为清静，不使用法性的曼扎，反而拿世人贪恋的财宝供奉，岂不会堕入法网？"

如此还不能让上师满意，玛尔巴这才感觉自己对上师的了解寥若晨星，上师如今早已将世间成就看作尘埃，而自己仍在算计，真是望尘莫及！因而带着心中的笃定再度寻找，第七个月时玛尔巴心中再度显现那若巴大师的行迹。

当他赶往预想的山洞时，那若巴大师正剖开一具死尸食用，见玛尔巴前来还将一条肋骨赠给他享用，腐肉恶臭难闻，又有蝇虫环绕，玛尔巴不由掩面拒绝。上师大笑道："在大安乐的器皿中，大乐与受用滋味等同，若不领受这大乐之法，便与这福气擦肩而过。"说完再度隐入法界。

玛尔巴奔向上师方才所处的山洞中，死尸荡然无存，只有一点儿残留在地。他记起告诫便皱着眉用舌头去舔，不料味道极为鲜美，甚至比达美玛做的饭食还要香甜。

待到第八个月时，玛尔巴再度看到了那若巴大师，他一路追赶到身上全无力气时，上师才站定了不动。玛尔巴央求他给自己传法，那若巴大师笑了笑，再度开示他说："法性如光明出世之马，无来不往不被驱驰，如同野兽追寻太阳，纵然驰骋荒原也是徒劳。"

眼看那若巴再度隐去，玛尔巴悲从中来，自己跋涉近一年，却始终在幻觉中与上师相见。他瘫坐在地上苦笑，随手翻开佛法经典来看，阅读时又想起那若巴大师，心神不定地将书抛在一旁，跑进名为闷巴金的树林接着寻找上师。

拨开挡在面前的树枝，玛尔巴望见一个吹着口哨的牧童正朝这边走来，便上前询问那若巴大师的下落。

牧童眼珠一转，说："那你得给我酬劳啊！"

玛尔巴便从贴身的口袋中拿出了几锭金子放在他手中，牧童掂了掂金子的分量，用手指着一个水晶般透明的磐石给玛尔巴看，上面赫然映着那若巴大师的足迹。他想，这次自己定能见到那若巴大师，便一路向前走去。

那若巴的真身和开悟

眼前一棵参天大树盘根错节，枝繁叶茂，通体散发出油亮的光泽，几乎将天色遮蔽。遥望树顶之上，只见七彩霓虹盘旋不止，如撑开的幔帐般悠然自在。在彩虹帐中央，有世尊喜金刚的九位化身，从衣服的颜色、配饰和庄严的姿势来看，都与那若巴大师十分相似。

玛尔巴双手合十，跪在地上行顶礼，口中默念，祈祷着上师的平安。他感到心中万道光芒涌出，如同极细的羊毫之笔写成的阿喜扎咒字投在心间，逐渐消失不见。

玛尔巴心中明了，正是有赖于师父的恩德，自己才获得如此成就，一股明亮的暖流从玛尔巴心底慢慢攀升，渐渐漾入他眼中，玛尔巴心中想念师父，不由痛哭流涕，呼号声震动着树叶片片掉落。

听到撕心裂肺的哭泣声，那若巴终于显现真身，他身穿尸陀林的装束，做各种娇媚的曼舞之姿，说道："师父我来到弟子面前了。"

玛尔巴仰头一看，心中的欢喜便如奔腾的流水一般，与师父诉说对他的思念，悔恨自己没能早些到印度见他最后一面。玛尔巴手捧师父的脚放在头顶，又与师父紧紧拥抱，生怕他会突然消失似的。

或许因为眼前情景太让人难以置信，玛尔巴忽然陷入昏迷之中，等到他醒来的一刻，便如同疯了一样从贴身的各个口袋中拿出大把黄金捧到那若巴大师面前说："师父这是我身上的所有金子，我要全部都给您！"

那若巴笑着摆摆手，说："我不贪图金子！"

玛尔巴苦口婆心劝他："师父您虽然不需要金子，但为了能让我和所有供养金子的人能够积累德行，请您无论如何还是收下吧！”

玛尔巴的一再请求让人无法拒绝，那若巴只好说：“那就将这黄金供养上师身语意三宝吧！”说着将全部黄金随处抛撒在山林之中，金块隐于小溪中、草丛旁、石洞中，在阳光下明灭可见。

见自己千辛万苦筹来的金子瞬间散落各处，玛尔巴心中说不出的可惜，脸上表情紧绷着。

那若巴当即双臂高举，继而合掌默念，再度张开手掌时，只见金子仍然在掌心中，问玛尔巴：“你觉得可惜吗？好，我这就原物奉还。我拿了金子也没有什么用，如果真的需要金子，这里到处都是金子。”说罢以脚跺地，他脚下的沙砾由近及远蔓延成为黄金，晃得玛尔巴难以睁开双眼。

那若巴向空中高喊：“我的弟子却吉洛追来了，是不是应该好好款待他啊！”刚刚说完，一条鱼骤然从空中下落，异常肥美新鲜。那若巴令玛尔巴将鱼肚剖开，玛尔巴在鱼肚之中发现了五肉、五甘露等种种妙胜供品，还有本尊的圣像若隐若现。玛尔巴便以此敬献上师、本尊、空行、护法等各路神仙，师徒二人开心地大快朵颐。

筵席间那若巴说：“玛尔巴你可知道，你能到这里多亏了祖师笛若巴的慈悲，他曾授记我到布拉哈日山为你传法，你我两人方可结缘。现在跟我回布拉哈日山吧！”

那若巴两袖随风飘扬，一手紧紧拉着玛尔巴，路上无数空行嫉妒正法，变幻出万千鬼怪魔障①，金刚怒目，嘶声呼号一时骤起，万千魔鬼都好像恶狠狠地向玛尔巴冲来。玛尔巴心中充满恐惧，瑟缩着不敢前进。

“玛尔巴，你心中只管念着六字真言随我而来，魔障自会消除。”那若巴提醒他，其实世间万千恐怖变化，也不过来自人的内心，只要心不乱，外界的干扰便很难乘虚而入。

玛尔巴一路跟着上师飘然而行，来路上艰险丛生的高山巨岩，现今如同

① 魔障：佛教用语，指修行之人在修行中遇到的由恶魔设置的障碍，也指因外界而生的波折、磨难。

平地，玛尔巴如在云中漫步，万千魔鬼在他们身后紧追不舍。

那若巴暗暗向笛若巴祈祷，笛若巴变化出无数面目凶狠的天尊，手持各种武器将妖魔鬼怪格挡开来。那些妖怪被天尊追打得无处躲藏，只能将大半个身子藏于岩缝，天尊们发现后更是一顿痛打。玛尔巴觉得好笑，又在光明和云彩间看见笛若巴慈祥的面容若隐若现，不由高兴得手舞足蹈起来。

只见那些刚才还张牙舞爪的妖魔消灭殆尽，在背后指使的空行连忙出来阻止："身也可畏，武器也可畏，我们本想皈依正道，并非想来加害于人。吉祥尊者那若巴，获得授记解脱后我们定来迎接！"说完便消失得无影无踪。

玛尔巴转身朝那若巴跪拜，请求道："请师父赐我先前所说的耳传法要，特别是迁识夺舍法！"

"迁识夺舍法？是你自己想求，还是得到了什么授记指点呢？"那若巴不依不饶。

"不是我得到授记指点，也不是我自己想来求取。我有一个弟子名为米拉日巴，是他得到了空行母的指点。"玛尔巴如实相答。

"无边黑暗中的绝域之境，能得此圣贤，真如红日照耀雪山般稀奇啊！"那若巴双手合掌，歌唱这难得的因缘，说完后闭眼向北方俯首点了三次头，接着说，"现在我将为你传授从未向人传过的殊胜法要——胜乐空行耳传法。"说罢为玛尔巴举行胜乐金刚、佛母金刚大灌顶。如今印度布拉哈日山上的山石和树木仍然面朝西藏方向微微颔首，相传即是那若巴大师的化身。

圆满教授之后，那若巴对他说："你仔细想如今这殊胜法要便会知道，曾经学过的那些佛法不过是糟粕，这种殊胜传授，未满十三代只能凭口耳单传，你现在回去就可以将此法单传给弟子米拉日巴，他定能大力振兴雪域高原的佛教事业。你看这法可有不平常之处？"

"究其内里，弟子并未发现差异之处，只是能不费大力气就迅速证悟，确实难得。倘若学法之初听闻此法，定能打通佛法经脉，融会贯通。"玛尔巴如实相答。

“你前两次来印度，时机不够成熟，我就没有传授给你。况且求法不历经磨难，人便难以珍惜重视，继而难有大的成就。我为了求这法，在笛若巴祖师前修十二大小苦行，现在才能往来二十四境无所阻碍，成为勇士、空行座次间的一员。我想将此法传给你，所以先前让你吃尽苦头，使你磨炼出与佛法相当的强韧心性。你在筹集黄金的过程中历尽磨难，旅途如此艰险你也熬过来了，如今才可担得起此法。”

玛尔巴听闻后再度向那若巴行礼，匍匐在地，久久不曾抬头。

那若巴心想，我为他传的胜乐金刚灌顶虽然神通广大，但欢喜金刚才是他常依止的本尊。这山那边来的人多次带着黄金，历尽艰辛来找我，是因为信任于我，但我现在仍然不知道他传承的因缘在何处，还是静待时机为他指点为好。

等那若巴转身时，玛尔巴已经进入了酣眠之中，想必这连日的劳苦已让他不堪重负。

第十二章　且向心内寻安然

大病初愈，烦恼再生

天边泛起鱼肚白，那若巴望着仍在熟睡的玛尔巴，灵机一动，变幻出欢喜金刚的九尊主和曼陀罗，接着喊醒玛尔巴："弟子玛尔巴不要再睡了，快快起来！你的本尊欢喜金刚变化的九尊神灵已经降临了，你是向我还是向本尊顶礼呢？"玛尔巴急忙向本尊顶礼。

"上师未曾出现之前，连佛的名字也不懂得。所有劫难和佛陀，都因上师而出现。一切镜相，因心而生。"空中的欢喜金刚隐入天际不见，那若巴接着道，"因此机缘，今后哪怕你的宗族子嗣不能长存，也能转化成众生的福分，你应该为此高兴才是。"

玛尔巴心想，我曾听闻无数神奇佛法，只是听说依止上师比本尊更为重要，修持时也经常把本尊想成上师的模样，我当初在檀树顶见到欢喜金刚的本尊形象，却不以为意，仍然一心寻找上师。今天听到您这一席话，难道不是前世的业力所为吗？

挫败感、悲伤等坏情绪如潮水涌入梦中，成为玛尔巴夜夜惊诧的梦魇。恰逢当时印度天气酷热，暑气入骨极易形成风热病。玛尔巴全身乏力、嘴唇干裂结痂，眼珠浮于眼眶，有十三次差点儿丧命。

那若巴大师前来探望他，握着他的手说："耳传法要是非常灵验的，你对我和佛法皆有敬信，我一定为你虔心向三宝[①]祈祷。你如今所见的皆为魔障，我担保你生命绝无危险，但你要记得，慈悲心是你消除恶业的办法，在一切有情之中保持慈悲心，不要因为病痛偏离正念须臾。”

病榻上的玛尔巴气若游丝，慢慢道来：“师父大慈大悲为我祈祷，弟子无论死活，心中除了感恩就空无一物了，请师父像爱护我一样赐给众生福气安康。”

那若巴闻之大喜。

都道病痛之中最容易感悟生命的无常，对人情冷暖的触觉也极为敏锐。与玛尔巴关系亲密的教友们听说玛尔巴的病情后纷纷前来为他祈福占卜，建起护法轮。有人日夜不离他身旁，搓着双手问他：“是为您寻找最好的草药，不间断地做法事呢，还是虔诚祈祷比较好，您说该如何是好呢？”仿佛只要玛尔巴一声令下，就是赴汤蹈火他们也在所不惜。

几位教友古道热肠，玛尔巴心中充满感激道：“诵经祈福需要资财，而我早已把全部财物敬献给上师了，一点儿都没有保留。若用供养上师的财物为我做法事，那是大罪过，万万不可。至于医药，若是雪域众生无福，我定是会死的；若有福气，我不吃药也会好的。至于祈祷，我的上师那若巴会以慈悲护佑我，没有什么比这更加宝贵的了。”

安于天命的人总会得到特别的眷顾，在未吃任何药、没有做任何法事祈祷的情况下，玛尔巴很快恢复了健康。当双脚再度坚实地踏在地上，玛尔巴感到体内有源源不断的力量，让他不由得想要奔跑跳跃，甚至觉得身体比来印度前更为强健。

患病时人的所想所求都降到最低，很容易感到满足，而身体无恙时又会生出无数烦恼，且大多是因为求不得。玛尔巴想起自己一世奔忙，却仍对佛法的真味一知半解，不得释怀，他忽然怀疑起自己这一路到底在追寻着什么：是想要甩开对衰老的恐惧，还是逃避对内心的诘问？

---

① 三宝：即佛、法、僧，是佛教教法和证法的核心。佛宝指已经成就圆满三宝的诸佛，法宝即诸佛的教法，僧宝即依止诸佛教法修行的沙门。

见到玛尔巴魂不守舍的模样，那若巴大师当即为他唱起了金刚歌，还将六法精要揉于其中宽慰他。

那若巴的歌声如明月如清风，飘入玛尔巴心中，如让爝火即止的甘泉，玛尔巴心中缓缓生出一种笃定的踏实感，感到通体舒适畅意。从此无论何时心思烦乱，他都会如今日这般唱给自己听，一直到离世之日。

那若巴唱完歌，说道："玛尔巴，你可知世间有七种瑜伽，现在我们就做沐浴瑜伽吧！"师徒两人说着便走到一个传说中拥有八种功德的水池中沐浴。池水温热舒适，两人展臂放松，玛尔巴将自己一直随身佩戴的护身轮解下来放在一边，忽然一只全身炭黑的乌鸦扯着嗓子俯冲而下，衔走护身轮，消失在密林上空。

诸法有缘

乌鸦的无礼让玛尔巴非常生气，他起身拾起石子边丢边骂，也没能让它转身。

那若巴大师定睛一看，知道又是那些妖怪来使坏了，便当即做定眼法，双目直直地瞪视远方，乌鸦便在原地振翅不已，难以向前移半步。那若巴大师再做降伏期克印，只见乌鸦忽然如僵死般一动不动，从空中径直落下，正好落在他手中。

那若巴大师解开乌鸦蜷曲爪子中的护身轮交还玛尔巴，说："从今以后，你已战胜了诸多魔障妖怪了。"又转而对着天空大喊，"我已经安排玛尔巴为自己的法位继承人。"

那若巴大师瞬间变幻出万千精美会供，将玛尔巴带到宴席之上。檀香燃起，香气四溢，那若巴对玛尔巴说："你，玛尔巴译师，从今以后就像我为你开示的那样。五蕴[①]究其根本即是五种智慧，五种烦恼[②]也是五种智慧，它们在本质上并无大的差别。现在世间一切诸法，若能了解诸法本性，就能达到无阻无碍、成就双运的境界，在法界修持时就能像飞鸟凌空一样自由自在，此种证悟法轮的教法，就如同转轮王临世，已经得到了当下的证悟。你现在可以执掌佛教显密两教的教证法门，特别是密乘教的法门，希望你如太阳普照大地一般，让它得以发扬光大。"

那若巴大师说罢，将手掌覆在玛尔巴的额间，喃喃念着什么，又说：

① 五蕴：有色、受、想、行、识五种。
② 五种烦恼：无明、贪、嗔、疑、慢五种。

“你此生的宗嗣将会断绝，但法嗣将会长存。在一些没有清净心的凡夫俗子眼中，你好像对今生的妙欲享受非常重视，就如同在石头上刻画一般不可改变。但因为你已经从本性上明了诸法的本性了，一如蛇自动盘结，可自缚自解。将来你的弟子，将会如同幼小的狮仔和大鹏之子一般，一个比一个出类拔萃。”

玛尔巴心想，师父已将我的未来看得清清楚楚了。于是对那若巴大师产生极大的敬信，不由自主地合掌朝师父顶礼。那若巴大师摆手示意，语速逐渐放缓：“我们两人因慈悲心互相感召，在光明之中将常伴左右。未来我一定接你到那空行净土居住，我们师徒两人便不会再分离了，你当心生欢喜才是！”

热泪从玛尔巴的眼眶中不断涌出，他连忙回道：“承蒙上师慈悲关照，为我授记今后法嗣的昌盛。显密两教的见解和修为在本质上并没有大的差别，所以两者教证教法我都能担起责任。只是在住持方面恐怕不能尽如人意，我还有塔玛多德等七个儿子，不知上师能否教授我不断宗嗣的办法。”

那若巴大师宽慰他道：“未来你的法嗣之中，外能观声闻之相，内能获大乘证悟的人将会有很多。你不止有七个儿子，将会有千万个儿子，但他们不能继承你的宗嗣。若要延续宗嗣，我这里有个补救的办法：回到家你们父子闭关静修本尊佛法，对空行护法们尽力供以朵玛和会供。你早已在前世种下因缘，是能利益众生的住地大菩萨。为教化雪域众生，我特地授权你为我的法位继承人。”说完再度将右手放在玛尔巴的百会之处，为他预示光明无往的未来。

在师父的歌声中，玛尔巴仿佛看到自己变成一棵粗壮的老树，迅速开枝散叶，枝繁叶茂，绵延数千里不止。

那若巴唱完歌对他说：“现在你就可以到麦哲巴那里，诚心向他求得想要的佛法，你的心定能如源头活水般导引出种种新见解。”

想到自己来世就会和上师长久相伴，玛尔巴心中宽慰不已，便欣然与师父道别，到麦哲巴处求得佛法。

正在麦哲巴为他进行喜金刚灌顶时，空中忽降花瓣雨，种种奇妙香气扑鼻而来，空行母手持油松燃烧的火炬飞过。求胜乐金刚灌顶时，三地勇士空行全数现身。当玛尔巴放下朵玛时，刹土的空行变幻成七位红色狼女前来领受供品。神异的景象让玛尔巴如置身幻境，麦哲巴大师对种种征兆心知肚明，便将印度尘封已久的佛法密要悉数传授给他。

传法完毕，已是深夜，玛尔巴回到布拉哈日山西面阿摩园树下落脚休憩，一夜未眠。

空中星星由亮逐渐变浅变暗，布拉哈日山顶金山寺却始终矗立。玛尔巴掐指一算，自己这一生三次往返印度，第一次用了十二年，第二次用了六年，这一次用了三年，这二十一年中，在那若巴大师的金山寺住了十六年零七个月，印度真算得上自己的第二故乡了。

自己在这里所获颇丰，拜谒了不少得道大师，对印度的经典和文字烂熟于心，现在回到家乡，心中可算是没有遗憾了。只是一想到要离开上师和诸位道友，心中还是有些不舍，况且这一路艰辛不断，不仅有悬崖峭壁、险滩沼泽，且不知要和多少盗匪暴徒斗智斗勇，不由得长叹了一口气。

不过，想到此次前来圆满完成学业，也得到上师最为胜妙的佛法，玛尔巴又觉得万千欢喜汇聚于心，便在金山寺之中设下会供，感激上师的知遇之恩。

会供之上，玛尔巴心中感念上师之恩，恰见一只蜜蜂嗡嗡飞过，便借蜜蜂远飞的声音为调，为在座法友们唱起一首长歌，听到的人无不涕泪沾巾。在他生病期间一步不离的婆罗门萨姆达格底、瑜伽女苏伽达日等都激动地流下了眼泪。

玛尔巴从上师曼陀罗中受灌顶发愿后，便要启程返回家乡，同道的兄弟姐妹都来为他送行。玛尔巴面朝上师一路后退，直到布拉哈日山石阶之前，他心知此生恐怕不会再来了，因而每下一级石阶便回身向上师顶礼膜拜，从山顶移到山脚。传说在今日布拉哈日山的石阶上，仍有玛尔巴的足印留存。

求法历程的三个版本

玛尔巴向上师及诸位法友辞行时，正是深秋，到达尼泊尔时，已是冬日。玛尔巴一边修法一边赶路，路上忽然听闻恩师基特巴圆寂的消息，便与本达巴等众位法友一同回到庞廷。

会供上本达巴对玛尔巴说："大译师，我早就说过，你们与那若巴因慈悲感召，定能再度相见，果然如我所料，这等美谈如今在尼泊尔可谓家喻户晓啊！我们曾一起拜见上师，后来您又到了什么地方寻访，见了哪些上师，得到什么功德，见到了什么神奇景象？我们这个小法会就是为了庆祝您平安归来而举行的，请为我们唱歌作答吧！"

在座的法友脸上充满期待，玛尔巴便借用护法的道歌调，为大家唱出八个月跋涉路途中所见的种种神奇景象，他所讲之事大家闻所未闻，心中都十分欢快。一直待到第二天晚上基特巴圆寂周年纪念时，玛尔巴又应大家所请，为大家唱了麦哲巴学说的证悟歌，众人对他的钦佩之情更深了一层。

辞别本达巴大师后，玛尔巴再去梅朵林拜见米娘多吉大师。米娘多吉大师是麦哲巴门下的一位法友，曾教给玛尔巴一遍《事部》[①]。玛尔巴拜谒之时，正巧米娘多吉的朋友也在，这位来自克什米尔的塑像师同米娘多吉正在为一个密集金刚曼陀罗开光，见到玛尔巴前来便说："译师，你去印度住了那么久，你的上师那若巴名声那么大，你依止他多久，听闻了哪些佛法，你在修法之中又有什么样的见地呢？请给我唱一支你从印度来的见面歌吧！"

① 事部：经书之名，佛教密乘的四续部之一。

玛尔巴便唱了首《谒见那若巴之歌》，刚刚唱完又有人问：“译师，你来尼泊尔又寻访了哪些上师，又获得了什么教诲呢？”

玛尔巴接着又将第三次来印度的种种经历编入歌中，让米娘多吉及同门道友心中欢喜。

在米娘多吉大师的盛情邀请下，玛尔巴暂且在尼泊尔住了下来，他想在此整理所学之法，挨过这漫长苦涩的冬日。远近的人听说玛尔巴在此停驻，都争先恐后地邀请他参加各式法会会供，玛尔巴觉得在这里和家中一样安适。

一位耶让巴喇嘛听闻消息后，从寒林热玛多赶来邀请玛尔巴参加灌顶和会供轮法会，在会上说：“译师，你多次拜谒那若巴上师，获得许多法要和实修，这真是世间难有的好事啊！你依照这些法要修持，获得什么证悟呢？你最初见到佛法又是什么样的呢？能否为我们简要地讲一下呢？”

玛尔巴再度以道歌为和，回答了诸位的问题。歌声尚未停止，忽有一阵疾风吹过，夹杂着豺狼的嚎叫声和种种嘈杂声。玛尔巴疑惑地望着众人，人群中有人把手指放到嘴边，小声对他说：“上师应当在黄昏之前完成作法，这个寒林很危险的，很容易出现各种非人的灾难。”

他的话刚说完，不少胆小的法友已经抱着坐垫一路小跑离开了，剩下的人也是满面惊恐。玛尔巴追寻上师时早已对此类异象见怪不怪，心想如果那若巴大师和麦哲巴大师同在这里，他们就可以在这尸陀寒林中一起品尝鲜美食物了。其实这夜晚寒林之声，不过是风水五行相互作用的自然之声。想着想着，玛尔巴心中生起悔意，自己不该离开印度的，那里是自己的福地，心心念念想要再度回到印度，滂沱的泪水不能停止，让他一度陷入昏沉之中。

混沌之中，玛尔巴看见一位以树叶为衣的美丽女子在黎明中动身，她身上的树叶还带着露珠，眼眸在阳光中如金子般闪耀。这女子款款走近，将手放在他头上授记道：“你这时候回印度，还不如回到你的故乡更有利于众生，在那儿你还有诸多有缘的弟子。你尽管放心，在你回去之前，不会再有任何灾难阻碍了。”说罢走入明亮的晨光之中。

待玛尔巴醒来，才发现自己仍然在寒林之中，果真安然无恙。再度回忆起方才的梦境，心中无限畅快，心想这一定是那若巴和麦哲巴大师出于慈悲，特为自己派来使者，心中稍有安慰，便下定决心，仍然按照原计划返回。

临行前，玛尔巴在尼泊尔的仁青楚寺听本达巴大师讲授《吉祥天母现证经》、甘露光明修法以及一些圆满次第的佛法。一天晚上，他忽然梦到麦哲巴大师身骑雄狮在天空中漫游，便朝他大喊："请师父慈悲为弟子开示吧！"麦哲巴便瞬间跳到他面前，以天空作纸，为他讲授了无数精妙佛法，特别是大手印法的精妙，心中如水般空明，尘世间的烦恼也一并消失。

梦醒后，玛尔巴想起上师的恩德，泪流不止，便将此事告诉了本达巴。本达巴听后大喜，请他无论如何都要在法会上将此事唱成道歌，玛尔巴欣然允诺。

因为想到家乡尚有等待教化的众生，玛尔巴决定择日启程返回，幸而此时已是春暖花开之际，泥土松动，冰雪融化，气候温和，正适宜在郊外行走。

玛尔巴将一些必要的书籍驮在马背上，独自徒步而行，他离家之前就是这么多行李，如今也并未增加太多，但他的见识和眼光已经大不一样了。心无烦忧，脚步自然轻快许多，玛尔巴哼着歌谣轻快而行，天边云朵如排浪涌动。

开山始祖

许多年后，当高原的百姓在山岗之上、在道路之上、在寺庙之前，看到身披白袍的僧人时，总会双手合十，或是快速转动手中的转经筒，为他们祈福。这些僧人日复一日地为百姓请求福泽，却鲜少为自己谋求福利。他们是藏传佛教噶举派僧人，来无影去无踪，身穿白色僧袍是他们在俗世之中的唯一印记。

《西藏佛教史略》中记载：“‘噶’的本意是佛语，也可以体会为师长的言教，‘举’意为传承，合起来译为‘口传’。这是因为，噶举派所学的东西都是用师长的言语亲自传授，再由门徒继承下来的。”噶举一派在藏族地区正式开枝散叶，就是从这个身穿白袍汲汲行走的译师返回故乡开始的。

早在玛尔巴动身之初，玛尔巴郭勒就已经在家苦苦等候，上师生死未卜，心中的思念之情势如破竹，便想：与其在家干等，还不如去尼泊尔碰碰运气。倘若能够见到那自然皆大欢喜，若不能相见，能够打探出一星半点消息也是不错的。

玛尔巴郭勒幸运地在吉隆的玛色玛玛寺遇到了埋头赶路的玛尔巴，此后一路平安和顺。

行经后藏娘堆的时候，恰巧有梅顿村波等人前来求法，举办盛大的欢迎会供。

在法会上梅顿村波向玛尔巴请求道：“上师您远道而来，虽然路途劳苦，但今晚的会供集轮法会是密宗中的重要部分，请师父大发慈悲，为我们做会供的法事和仪轨吧！”

玛尔巴当即应允，梅顿村波虔诚听取教诲，但相较往日有了更加殊胜的感悟，心中疑惑道：“上师今晚的会供定有什么不同之处，弟子感到心境大开。请问会供法会该在何时使用呢？您曾在其间见到了什么神异现象呢？请讲给我们大家听吧！”

玛尔巴便以歌唱和，还将许多以前未传过的佛法传给他，望他虔心领悟。

待玛尔巴接受了梅顿村波的三次供奉，准备返回洛扎时，忽见屋外许多熟悉的面孔，原来玛尔巴郭勒先行给家中的弟子送了信，他们便全都跑来迎接师父了。

回到洛扎家中与诸位弟子和家人团聚，玛尔巴心中被温馨装满，将身语意五种功德变幻的五象之歌唱给玛尔巴郭勒以作酬谢，还将那若巴大师用过的一百零八颗念珠和麦哲巴戴过的一对金刚石戒指赐给了他，说：“弟子，你给了我不少帮助，希望在我没死之前都能与你朝夕相处，我们师徒死后也投生到同一个地方吧！”玛尔巴郭勒听得此种肺腑之言，不由热泪盈眶，果真守着上师直到生命的最后一刻。

俄巴和促敦旺额等弟子听说上师回来的消息也前来求法，玛尔巴便以道歌劝诫他们：“……能够广做利益众生的事，就是我的心愿，也是我一直坚持苦行的根源。求法的过程是如此艰辛，希望你们不要心生懒惰，要勤于修持积累德行。”

若用一个字概括一生中三次求法历程，玛尔巴左思右想，也无非一个“勤”字。世间多少天资聪颖之人败在了这个字上，结果一事无成。他虽有宿缘触动，在半生的求法中经历许多常人难以想象的磨难，却从未敢怠惰半分。

望着眼前这些纯净而虔诚的目光，玛尔巴忽然理解了那若巴大师的心情。他从印度千辛万苦求来的佛法，倘若无人问津，倘若弟子怠惰，便很容易湮没在历史的尘埃中难辨踪迹。唯有那精进勇为之人，才能在种种俗世所累中保持初心，让佛教密宗香火永远流传。这是他最后的心事。

众弟子跪在他面前认真聆听着教诲，玛尔巴抬头仰望，眉目舒展，成年之后他从未这样仔细地看过头顶的蓝天。自然有大美而不言，他希望自己的今生拥有这种美丽的质地，也能在千百年后因功德而仍被人牢记，成为人们心间的风景。这可能是他修法中最后一点儿私心吧！

他一生为佛法奔忙，却始终没有皈依佛门，或许只是因为他仍如年少那般热爱自由。然而正是这自由，让他与佛法紧紧相系了一辈子，这不正是命运的神奇之处吗？

玛尔巴一生在佛法之中、在旅途之中、在种种事端之中磨砺自己，终于在年逾古稀之后，于俗世与佛法之间找到一丝平衡，心中求得了一点儿从来未有过的安宁。就为这一点儿安宁，他感觉自己一生的劳碌苦难磨折都踪影全无，他又成了那个在荒野间奔跑、迎着毒辣的太阳看天的少年。

清风流水几十年，不过只是片刻而已。

第五卷

破执｜凋谢，正如万物诞生

你的死是最切肤的隐喻，
人间最恒常的幻象莫过于此。
无言地指引着我，
冥冥中要走的路啊！

第十三章　花非花，雾非雾

死亡的邀请

这一切仿佛是真的，却又好似一场幻境。

脚步声愈发清晰，一位身着素袍的中年男子的面部轮廓越发明晰。

四下里空无一人，玛尔巴感到他离自己越来越近了。他虽样貌普通，但目光深邃，眉目舒展，应该是一位笃信佛教的修行之人。

或许因为相似的身份，玛尔巴觉得那人尤为亲切。他确信他们以前从未见过，但宿缘如一团明亮的火将他内心点亮。他的心告诉他一定会有什么重大的事情发生，但他对此中的深意一无所知。

那人仿佛看出了玛尔巴的疑虑，未等他开口就说道："那若巴大师吩咐，让你把心脏取出来，我会为他带回去。"他的神情如此严肃，让玛尔巴肃然起敬。

那若巴大师是玛尔巴的上师，位列那烂陀大学四大首席之一。他二十五岁剃度为僧，在十二年间历经了十二种常人无法想象的苦行，终于得道。玛尔巴几次三番去印度求法，都仰仗于他的功德和慈悲。那若巴大师不断磨炼玛尔巴的意志和决心，还将十二位各有所长的上师引荐给他，教给他最为精妙的佛法。玛尔巴全心全意以身、语、意作为供养，都觉得无法报答他的恩情——或许这次就是最好的时机。

冰冷的手指触到胸口，玛尔巴紧闭双眼将带着余温的心脏拿出，竟然没有感觉到丝毫疼痛。

那个在家人[1]喜不自胜，将玛尔巴的心脏径直装进头盖骨里，然后盖上金刚杵柄、斧刃形状的钺刀法器，转身就走。接着，象征着圆满具足的道场曼陀罗中央轰然裂开，充满光华的日月随之陷落，热嘎达湖随之干涸见底……

玛尔巴额头层层细密的汗珠沁出，忽地从床上坐起——原来这只是一个梦。

他起身喝下一杯清水，双腿盘坐地上，一种焦灼感逐渐升腾起来。上师或许是以梦示的方式提醒自己，一件非同小可的事即将发生，而结局似乎不太乐观。犬吠声此起彼伏，将色卡石堡从晨光中唤醒。

玛尔巴的儿子塔玛多德早已洗漱完毕，正要翻开经书研读——这是他每天最为重要的功课。此时，一阵急促的敲门声响起，塔玛多德连忙透过窗孔探出头去。父亲将神秘的往生夺舍法和古堡第二层都赐给他，就是希望他摒除杂念，专心闭关，然而他对外界的好奇从未间断。

母亲达美玛打开房门，只见一个身着白衣、手持弓箭的人躬身行礼，道："一年一度的阿姆秋盱节后天就要开始了，您家上师是施主，也是节会和宴会最尊贵的宾客，不知您家上师是否收到请柬？我这次是特地来此邀请父子二人中的一位上师的，请务必参加。"

塔玛多德听他口气并无冒犯之意，态度却异常坚决，不禁伸直脖颈，想要一探究竟。

达美玛并不擅长拒绝别人，见到来人鞋边湿润的泥土，想他这一路走来并不容易，连忙将人迎入门来，好茶好饭招待。

那人用餐时，达美玛帮他倒茶，见他面色稍为和缓，便试探道："你们一定把节会和宴会办得非常出色，可按照那若巴大师的教诲，上师玛尔巴父子俩需要闭关三年，现在只剩下一年时间了，在此之前，他们是不会到外面参加活动的。你看让门下有名望的大弟子前去怎么样？"

这人目光迷离，神色舒展，说话不再拘谨："我们只邀请父子俩可不是因为没有能坐首席的人。上师要去我就陪他去，要是不去我就走。反正我是

---

①在家人：指未剃度出家却一直修习佛法的人。

把话带到啦，可不要说我没有来通知过啊！”

达美玛手中的木碗还没有放下，对方已经拂袖而去。

塔玛多德在楼上不动声色地看着这一切，心中荡起涟漪。

在现世，他有善良的父母、叔伯、亲友和兄弟，彼此相处得非常融洽。他自在具足又精通佛法，不需要为什么劳心费神。除了父亲，他就是这个宴会首席的最佳人选了。

“如果我向父母坦白自己的心思，他们一定会认为我内心浮躁、贪图虚名，还会严厉地训斥我吧。这无疑是自讨苦吃，还不如看准时机，偷偷溜走呢！”塔玛多德放下手中的经书，不由心猿意马起来。

走出这囚牢似的石堡，到人群中去接受他们的鲜花和赞美，这是多么诱人的场景啊！为大家讲法，不仅是利乐众生的大事，也能消除大家对自己一家人不近人情的误解……

塔玛多德这样想着，父亲的咳嗽声突然响起，他连忙塞上窗孔，开始打坐，心中一个充满冒险和刺激的计划正在悄悄酝酿……

色卡石堡静默如谜

这些保留着可贵的自然纹理的石头，它们不像人为堆砌而成，更像因着某种使命在此聚集，不再分离。日光下的色卡石堡质感粗糙、坚硬如铁，让人想起它主人的脾气——绝世独立，而又令人心怀敬意。

石堡顶层，阳光因窗的窄小而更加纵深，炙烤在打坐的草垫上，泛出柔和的光泽。玛尔巴大师双盘端坐其上，藏袍袖口已磨出毛边，显然穿过很多年，却异常洁净。经久的沧桑凝成褶皱，在他面部、手部的肌肤蔓延开来，成为八十八年人间行走的印迹。他调整好手印[①]，让身体安于一种静谧而神奇的状态中，这种方式曾无数次给他的心灵带来缓慢而绵长的滋养，仿佛可以让他迅速平静内心，瞬间与天地互通有无。

手印是密宗“三密”之一——“身密”最主要的特性。两手手指相互交叉、缠绕，衍生出千姿百态的变化，配合意念，便形成了特定的修法。手印并非藏传密宗的独创，而是佛教在漫长的演化中，从古印度婆罗门教中吸纳而来，几经辗转，方才在这片雪域高原落地生根。

楼下的叩门声和赴宴的请求不绝如缕，玛尔巴静摄心神，他无时无刻不把那若巴上师的告诫记在心里，不曾违背。

那时玛尔巴大病初愈，内心却仍感负累，如同干枯的嘴唇渴望清泉。他的上师那若巴将手轻轻放到他的额头上，为他唱着金刚歌，玛尔巴心中一片清明。

---

① 手印：在佛教中又叫印契，是密教修法时行者双手和手指结成的各种姿势。

与玛尔巴初相见，那若巴就感到心如电光石火交错般悸动，他就是那个与自己有法缘的人。此后漫长的时光和艰苦磨人的考验，仿佛只是为了印证他内心的决定而存在。

他终于放下矜持和戒备，说："玛尔巴啊，你能够执掌佛教显密两教的教证法门，特别是应当将密乘教证法门发扬光大，让它如日光般普照大地。你的宗嗣虽有限，但法嗣可以如滔滔江水般长存。虽然在一些凡夫俗子看来，你对今生的欲望享乐的看重和沉迷，如石头上的刻纹般不可改变，但我知晓你已经抵达了明心见性的本质，如同蛇盘旋交错，自缚自解，任其自如。你的弟子也一定会像幼狮般，一个比一个优秀。来世我会迎你到清净空性刹土和我同住，我们就不会再分离了。"

玛尔巴心中感激，拜道："承蒙上师的慈悲，为我做这样美好的预言。在我看来，显密两教的教证和教法并没有本质上的差别，我应该能够胜任。但在修持方面，恐怕不能如您所愿。我有七个儿子，一旦宗嗣断绝，就没有继承人了，不知上师能否传我不绝宗嗣的方法？"

那若巴面容舒展，拍着他的肩膀说："未来在你的法嗣中，外能观声闻之相，内能了悟大乘真义的登地菩萨[①]会有很多，显现其他不定相的人也能把实修派教法发扬光大。你不止七个儿子，将有上千个儿子。补救的方法有一个，那就是你们父子闭关静修承事法，尽心供养空行护法们朵玛和会供。你是前世种下善根、能利益众生的住地大菩萨。为了能够教化雪域高原众生，我正式授权你作为我法位的继承人。"

话音刚止，那若巴将右手放在玛尔巴头顶，为他吟起预示未来的歌：

……

弟子前往利有情，

尔之事业必可成，

---

①登地菩萨：修行到达菩萨的地位。菩萨修行分为十个等级，即十地，登完这十个等级才算成佛。

此生慈悲互融通，
于光明中未分离，
来时我定迎接你，
前往空行之净土，
永远同住定无疑，
弟子你当记心中。

回忆起第三次去印度时和上师见最后一面的情景，玛尔巴眼中不由涌出热泪。那若巴大师是他通达而敬重的老师，更是他灵魂知己般的存在。众人只见他势利贪财，根据供养的多少教授佛法，却只有上师一人通过种种表象看透他利益众生的慈悲心，相信他朴实而美好的初衷。

他闭上眼睛，任由泪水在脸上的沟壑中蔓延，并不刻意节制自己的情感，只当它如莲花般次第开放、自然凋零。他的儿子塔玛多德此刻正在楼下专心修习吧，他们只要再闭关一年就能有所成就了，让雪域高原这片生养自己的土地因佛法而获益，这难道不是很大的功德吗？

玛尔巴大师这样想着，并不知道在楼下的同一位置，他的儿子塔玛多德内心正被欲望的焦灼吞噬着，而他内心织就就的曼妙图景将要为他带来一场生死考验。

绝妙逃离

方枝柏在炽烈中煨出淡淡的桑烟气息，一如它的本义：圣洁而美好。

丝丝缕缕的轻烟袅袅升入霞光中，天色渐渐泛出鱼肚白。

人们神采奕奕地徜徉在大街上，女人头发柔亮、纹丝不乱，男人动作敏捷、眼眸闪光，他们衣服的每一个褶皱都仿佛经过精心的熨烫，节日的清晨因仪式感而散发着某种不同寻常的味道。

日复一日的劳作，平淡如水的生活，不管对僧侣还是对普通百姓来说都是如此漫长，幸好有形形色色的节会点缀其间，让人心中生出对日子永不枯竭的信心和热情。

对于日日闭关修持的信徒们来说，每一日都是平淡而珍贵的。不生分别心，就不会在漫长的岁月中生出痛苦、凄楚、贪念等种种心绪，心灵便可永葆安谧。

玛尔巴这样告诫自己的儿子和弟子们。

玛尔巴从未真正剃度，尽管以在家人身份自居，但他从来都以最严格的戒律规范自己，锤炼自己。塔玛多德深知父亲的固执，但他和父亲大为不同。父亲年少学法，散尽家财供养上师，备尝艰辛磨难；而他，一出生便衣食无忧，父亲密不外传的种种佛法，想学就可以学到，一切来得太过容易，让他时常疑惑：没有父亲，独立生活，自求佛法，生活会不会比眼前更为甜美？

闭关一日长于一年，塔玛多德心中对父亲多有忌惮。他是个聪明人，才不会将自己想要参加节会的想法吐露一丝半毫。父亲门下弟子如云，却单单把最为得意的往生夺舍法传给自己，正是希望自己能坚定修持的信心，将来能够泽被一方。

如此断然离去，只顾自己的欢愉，不是修习佛法之人该有的行径。比起父亲的严厉惩罚，他更害怕的是父亲寂静如死灰般的失望面容。可青春的躁动和不安仿佛拿定了主意，决然不肯放过他。

“我们总会遇到必须在沉思和行动之间做出选择的时刻，这就叫作‘成为一个人’。”加缪在《西西弗神话》中如是说。

塔玛多德正是遇到了这样的时刻。桑烟的气息越发浓厚，日头已经把整条大街照耀得一览无余。人人喜笑颜开，口中都是阿姆秋盱节的曼妙风景。

往日收摄心神易如反掌，如今只是徒劳，想起这两夜辗转难眠的煎熬，塔玛多德苦笑着调整好手印，胸中的烦闷让他难以自抑，隽永的俗语却在心间回荡：

“山俊悬崖陡，利多风险大，法深魔也精。”

正在塔玛多德喃喃间，三个老妇人拄着拐杖摇摇晃晃地走过他的窗前。

“这阿姆秋盱节会啊，真是好看，我年轻时可是每次必去。”

“可不是吗？如今年纪大了，看一次少一次啊……”

“是啊，这次去过后，也不知道下次还能不能去得成！”

听到她们的闲谈，塔玛多德心中一阵酸楚。衰老让人无法分辨她们之间的不同，岁月在脸上刻下密密麻麻的沧桑，眼睛和嘴唇因干瘪而皱纹满布，谁能想到她们青春时节是如何明眸善睐、顾盼生姿呢？自己空有盛世般的年华，却只能在斗室之中探寻生命的真味，又何尝不是一种遗憾？

在青春时将种种繁华看尽，如此再潜心学法，岂不是更能参悟其中的妙处？

塔玛多德之后近一千年，遥远的大洋彼岸，一位七十多岁的老人塞缪尔·厄尔曼终于在颠簸起伏的生活中安定下来，提笔写下“青春不是年华，而是心境；青春不是桃面、丹唇、柔膝，而是深沉的意志、恢宏的想象、炽热的感情”，塔玛多德这时如果知晓，或许会与他击掌相和吧！

暴雨将至，势必有着摧枯拉朽之势。当激情闯入青春的梦幻也是如此，约束心灵的重重大门打开，此时不破关，更待何时？

身下的禅床[1]终于如熊熊烈火，烧光了塔玛多德最后一丝耐心。

从法道遁入魔道，有时只是一念之差。

塔玛多德抓起一件白披风起身朝门外走去，明黄的阳光穿过古旧木门缝隙，星星点点地落在他窥视的眼睛上，如烈焰灼人。幸好，门外一个人都没有。只要他走完脚下这一段空荡荡的石阶，美梦就会成真。

他太担心自己因为优柔寡断而错失改变命运的机会，索性横下心来推门而出……还有最后一级石阶，一切如他所愿。

身上的披风随着塔玛多德敏捷如猫的动作轻轻飘扬，他长舒一口气，用手搔了搔头发，不经意地朝厨房方向瞥了一眼。

叮咣声刺痛耳膜，地上一片狼藉，都是他最喜欢的饭菜。母亲的双手还保持着捧着木托盘的姿势，面如白纸。

母亲探究的眼神深深地刺痛了塔玛多德，就如变幻多姿的万花筒，一瞬间掠过几百种含义。

塔玛多德身体僵直，像一株没有生命的植物般杵在楼梯口，一动不动。

---

①禅床：坐禅之床，供修习之人打坐、参禅、休息的地方。

母子之约

“孩子，你要去哪儿？这样随意破关而出可是犯戒的，快回去继续坐修，你父亲那里我替你保密。”

塔玛多德默不吭声，地面上，只有酥油茶从破碎的罐子里汩汩流出，肆意宣布着自己的领地，热气中醇香的味道静静升腾，塔玛多德想起它那绵密的口感，不由舔了舔嘴唇，那是熟悉的家的味道。

可相对于暗无天日的苦修生活，自由是一件太过绮丽的衣衫，纵然不合适，他仍然值得为它冒险。

酥油茶流到脚边，差点儿就要将他脚上的布鞋浸湿了，塔玛多德忽地回过神来，外面节会气氛越来越浓，自己再不出发就赶不上了。母亲就堵在楼梯口，横冲直撞的胜算不大，还可能引来父亲和其他弟子的注意，还是快溜为妙。

塔玛多德单手扶住楼梯把手，如鹞子般翻身一跃。

都说母子连心，达美玛怎能看不出儿子心中的弯弯绕呢？她手中的托盘早已在扶手外恭候多时。没想到，塔玛多德却故意朝托盘方向冲撞。眼见儿子过来，母亲的手就不自觉地缩了一下。母爱终究是柔软的。

塔玛多德虚晃一招，翻身落地。不知是因为日益拔节的骨骼，还是归功于长久凝神聚气的练习，他感觉心手配合比先前更敏捷了一些，不禁扬扬得意。

母亲朝着塔玛多德的方向追赶过来，动作因焦急而略显笨拙，让他觉得又好笑又心疼。若母亲不把他抓回去，只是交代些教诲和嘱托，他定当洗耳恭听，铭记在心。

塔玛多德这样想着，转眼已移步至门槛处。如骑马般跨坐在门槛上，双眼似笑非笑，密切捕捉着母亲脸上的风吹草动。

达美玛望着儿子小鹿般警惕的目光，又气又无奈，但仍然不放弃努力：“好孩子，听我的话，回来吧！”

塔玛多德将头微微扬起，言之凿凿：“母亲，我正是如上弦月般皎洁的年华，父母都平安健在，没有疾病缠身，正是看节会的好年纪。请母亲一定要答应儿子的请求！”

儿子哀求的语气中那一丝不可辩驳的味道，在她听来如此耳熟——一旦认定某个东西，就决然不会动摇，这是他和他的父亲最为贴近的部分。

楼上隐隐传来咳嗽声，达美玛压低声音道：“儿啊，既是这样，我便不阻拦你，可你禀告父亲没有？”

“不必了，对母亲说也是一样的。”塔玛多德躬身行礼，转身就要踏出门去。

对达美玛来说，孩子就是她的信仰，甚至高于自己的生命。塔玛多德一走，她建筑于内心的庙宇就缺了一角。

“孩子，你既然心意已决，我们两个就做个约定好不好？你要牢牢记住以下七件事：

“第一，不要坐在首席位置；

“第二，不要接受供养；

“第三，不要做供施的赞语；

“第四，不要宣扬佛法；

“第五，不要喝酒；

“第六，不要与人赛马；

“第七，日头偏西就即刻返家。”

得到母亲的应允，塔玛多德大喜过望，头点得好似小鸡啄米，欣然道：“知道了，知道了，孩儿一定按照母亲的意思行事！”说完就跳出门槛，朝母亲眨眨眼睛，笑容天真无邪。

太阳高悬，已近正午，塔玛多德心如沸汤，担心自己错过精彩的开场。

达美玛踱了几步，还是不放心，便将塔玛多德叫了回来，让米拉日巴、玛尔巴郭勒等四人伴他出行。

塔玛多德此行与母亲的“谈判”大获全胜，身边还有熟识的伙伴同行，心里美得好似甜茶。

望着儿子的身影如游鱼般汇入攒动的人群中消失不见，达美玛才收回自己的目光。她蹑手蹑脚地走上石堡的最顶层，屏住呼吸拉开门缝，想要探知丈夫的状态。玛尔巴双目微闭，两腿紧紧盘扣，双手合成禅定印，凝神处于空寂状态，仿佛整个世界都与他无关，窗外繁盛的街景更无法改变他修行的决心。

达美玛轻轻合上房门，捂住胸口剧烈跳动的心脏，她并不擅长说谎，但为了这父子二人，她只能将一个妙如锦绣的谎言圆下去。

塔玛多德的离去仿佛压在心中的天价筹码，她顾不上吃饭，将地上泼洒的饭食收拾干净，在心中默默祈盼。她不求儿子今后有多大的功德，只求他能平安回家，捧着大碗将她精心熬煮的酥油茶一饮而尽。

第十四章　我是人间惆怅客

赞誉美如甜酒

达美玛在儿子的房间燃起藏香，这种无法形容的神秘幽香可以让她暂时忘却儿子离开在她心中留下的空隙。

然而此刻，塔玛多德对母亲的忧心全然不知，他正徜徉在大街的繁华万象之中，在沿街叫卖的小贩、手拿转经筒的老人、精心打扮的藏族姑娘之间穿行。

塔玛多德一如久在荒漠中跋涉的行者，忽然与绿洲不期而遇，心中甜似蜜糖。这凡人稀松平常的生活，即是他眼中美妙如神的幻境。他贪婪地将沿街风景尽收眼底，仿佛一帧帧图画刻印在心中，以便来日枯寂的岁月回味。

塔玛多德一路顾盼，时不时和师兄们搭话，试图从他们的眼中确定自己的喜悦，可米拉日巴四人只是专心赶路，对眼前的繁华一派淡然，仅玛尔巴郭勒偶有回应。

玛尔巴郭勒自小在水草肥美的羌塘地区长大，充裕的牛羊肉和酥酪把他养得体格高大、声如洪钟，性格也粗犷爽朗。他少时孤身一人带刀闯江湖，在前藏地区打下牛羊马匹、盐巴茶叶等生意的根基，早已熟稔人性的种种美意和恶行，因而觉得繁华之境以外的平静颇为可贵。当他看到塔玛多德渴求的双眼，就仿佛看到了少时的自己，对这位师弟自然多了一份宽容。

微风拂过，塔玛多德身上的披风自在飘荡，俊朗的轮廓若隐若现，引来不少少女的注视，还有大胆的姑娘上下打量着他，眼中尽是喜色。

塔玛多德脸上微微泛出红晕，心却像喝了甜酒一般。青春期的少年是不必揽镜自照的，异性的眼睛便是他们的镜子。

这一情景终于引起了米拉日巴的注意，他在四人中和塔玛多德最为亲近，一双通透的眼睛盯着塔玛多德良久，平静的目光中带着意味深长的笑意，塔玛多德连忙追上大家的步伐。节会中心地点便是人群聚集之所，塔玛多德几人心照不宣地挤进被层层包裹着的席位。

长长的桌上摆满糌粑、糖果、牛羊肉，木桶陶罐中的酥油茶、青稞酒以扑鼻的芳香勾起人们心中的欢愉和期待。上师们坐在尊位，气定神闲，俗人们不少已经坐下大快朵颐，开心畅谈，欢乐的气氛让塔玛多德深受触动。

几人商量后，在上师座尾、俗人座首的位置悄然落座。世人皆奉玛尔巴为无比尊贵的上师，如果他们发现塔玛多德的身份定然会将他奉若神明，但那样显然不如隐没在人群中和大家同乐自在。

环顾四周安然的状态，塔玛多德不由沾沾自喜。一位坐在首席的上师心明眼亮，觉知力也较一般人敏锐，很快就派人核实了塔玛多德几人的身份。

“尊贵的塔玛多德，请您坐到首席位置吧，这样众人才会心服口服啊！”那上师清清嗓子，微微欠身起立。

上百双眼睛的亮光齐刷刷地朝塔玛多德投去，他前一秒还在往嘴里放糌粑，不由大窘。

米拉日巴和玛尔巴郭勒几人交换着眼神，他们此刻不好插嘴，只能不动声色地等塔玛多德表态。

“上师多礼了，论学识和悟性，晚辈远远不及在座的各位，还是请上师入上座吧！”

塔玛多德这么一开腔，米拉日巴等四人也连忙为他解围，但这位上师终究不肯落座，空气忽地凝固起来。

“我们坐在玛尔巴大师公子以上的位置，无论怎样都不合适呀！”一位年纪稍轻的上师调动着全场气氛，此话一出，不少人闻声相和。

见塔玛多德仍旧不为所动，众人只当他谦恭矜持，等待更盛情的邀请。一位上师灵机一动，朝身边的人使了个眼色，搬着坐垫就往塔玛多德身后走。其余上师纷纷会意，如一行飞鸟般在塔玛多德身后一字排开，塔玛多德就这样被推到了首席位置。

塔玛多德来不及为父亲尊贵的光环欢欣雀跃，也来不及为违背了和母亲的约定恐慌，只是真正领悟到“身不由己”的深意所在。父亲的话一点儿都不假。俗世繁华如锦，种种规矩约定俗成。常人的心如风幡般随时流转，难免为之触动，受之牵绊，做出违背本心之事。佛家语：“灵台清静，静能生慧，慧能生智。”中原地区垂髫小儿的诵读经典《大学》中也有异曲同工的表达：“知止而后能定，定而后能静，静而后能安，安而后能虑，虑而后能得。”

唯有真正内心笃定的人，才能在世间繁华表象的背后看到夙愿，如皎光照水，如清风拂面。禅床坐修，或许正是父亲玛尔巴的良苦用心所在。

崇拜的目光如潮汐般涌来，塔玛多德无力招架，在米拉日巴、玛尔巴郭勒几人忧虑的注视中，他接受了众人供养，做了供施赞语。在座人们不断提出问题，塔玛多德一一阐明，还将自己精通的佛法分享给在座各位，众人无不心悦诚服，目光如炬地望向塔玛多德，仿佛他就是佛祖派下来驱除他们心中疑惑和苦难的使者。

一些有身份、有地位的贵族接连走到首席，以美酒表达内心的感激和崇敬。塔玛多德起先极力推脱，可敬酒的人接踵而至，大家眼中的热切也仿佛被他的拒绝刺伤。他想，我已经违背了和母亲的大半约定，本不应该再破戒，可我一点儿都不喝就太不通情理了，人们只会说我恃才傲物，不以诚相待。想到此处，塔玛多德只好仰头饮尽杯中酒。见他如此爽快，众人纷纷叫好。

母亲和他的种种约定次第破碎，如同一场禁忌的游戏，让他胆战心惊，惶恐不已。但酒的气息很快令他平静下来。塔玛多德双眼迷离，眼前的景象渐渐变得模糊，微醺中他仿佛看到自己飘在五彩祥云之上，纵情歌唱，心里感到了从未有过的欢畅和快活。

中毒的善意

日影西斜，霞光如同人醉酒后脸上的红晕，一路匆忙地越过山谷河流，在纯白山顶稍作休憩，便匆忙地没入一如眉黛的远山之中。

在霞光的映照下，塔玛多德脸上的红晕更加明显。一直在旁默默不语的米拉日巴开口道："节会、宴会的惯例是以争辩作为结束，现在天色将晚，宴会即将散场，师母的嘱托大都已经违背，无论如何现在也得往家里赶了。"

塔玛多德整理好衣衫，放下手中的酒杯，呆立半晌后忽然如梦初醒，大声回应："阿波吐钦（米拉日巴）你说得对，我们现在就走吧！"

就在塔玛多德转身的瞬间，嗒嗒的马蹄声清脆入耳，让他不由驻足回望。

一匹体形匀称的骏马昂首而行，皮毛如成熟果实般散发光泽，肌肉丰盈饱满，眼眸中有尊贵的光芒闪动。这马儿似乎也被节会的热烈气氛感染，撒着欢朝塔玛多德走来。

真是一匹俊俏的马！塔玛多德暗自赞叹。

粗重的呼吸声越来越近，一个五短身材、身着锦服的中年男子，迈着八字步，跑得上气不接下气。

塔玛多德定睛一看，来者不是别人，正是自己的舅父。

塔玛多德忙上前紧紧攥住舅父的手。他的舅父是洛扎地区有名的富户，膝下无子，从小就对这个俊俏聪慧的外甥百般宠爱，为他精心挑选礼物，花费大量钱财也不以为意。

舅父一手拉住骏马的缰绳，一边轻拍马背，朝塔玛多德道：“外甥！看这马你喜欢不？这可是洛扎地区跑得最快的马，叫作白膀乌鸦。你今天的讲法可真是风光啊！快，现在就上马，让大家知道你的骑术也不容小视！”

舅父边说边将缰绳放到了塔玛多德手中，眼中满是期待。

塔玛多德心想，舅父心思质纯，对我又这么好，我不能辜负他的期待，但和母亲的约定已违背大半，这一点无论如何也该坚持才是！塔玛多德只得对舅父婉言道：“以后舅父说什么话我都一定遵从，只是这一次千万不要让我赛马。临行前母亲一再吩咐，我也已经做出承诺，不可再失信了。”

塔玛多德用手摸了摸后脑，心中涌出一种莫名的恐惧。想起父亲严厉的面容、漫长孤寂的坐修生活、荣誉的得而复失，他透亮的眼睛蒙上一层阴霾。

“母亲的命令的确不可违背，但她也是我的妹妹。我是她的哥哥，你能听她的话，为什么就不听我的话呢？俗话说，‘舅父虽落水，但别抓头发’。你今天一定得赛一次马，之后我把这匹骏马和马鞍都送给你！怎么样？”舅父说话时的神情一如孩童。

望着毛色泛光的骏马，塔玛多德眼中略有迟疑，舅父手疾眼快，顺势扶他上马坐定，人群的目光已在他的身上汇成跃动的激流。

塔玛多德双手将缰绳一紧，座下的白膀乌鸦好似与他融为一体，登时如疾风般奔驰而去。塔玛多德身上的披风随之铺展，一如展翼的大鹏，额间汗珠细密闪光，鬓间碎发飘扬，俊朗的面容时隐时现，在聚集的人群中引得一阵骚动，不少少女大胆议论着他的容貌和才华，嬉笑声此起彼伏。

英俊潇洒，腹有精妙佛法，身怀精湛马技，在俗世与遁世之间自由穿行，在众人眼中，他就是如天神般优雅精致的存在。

待塔玛多德翻身下马，众人纷纷把往日供给神佛最新鲜的食物恭敬奉上，舅父更是一脸的自豪。

塔玛多德感到自己如飘浮云端，通体舒畅。父亲令他画地为牢，却是将他与如此曼妙的生活体验隔绝开，致使他游离于自己的本心之外。

见塔玛多德脸上有留恋之色，米拉日巴连忙提醒道：“今天早上您母亲的嘱咐大都已经违背。俗话说：‘得胜出名速勒马。’无论如何也得在节会散前回家了。”

塔玛多德终于点头相和，转身向众人行礼告别，舅父和众人一起注视着他们披着天边晚霞渐渐远去。坐在马上的塔玛多德时不时转身向人群挥手，米拉日巴牵着缰绳默然而行，不久就消失在一片霞光之中。

英俊骑士的代价

红晕被地平线渐渐吞咽，只在匆忙赶路的行人眼中映下焦灼和期待。

米拉日巴始终未曾忘记师母的嘱托，时不时用手勒住马嚼子，让马儿的行进不致太过颠簸。塔玛多德见几人沉默无言，顿觉无趣，两脚在马背上晃来晃去，百无聊赖道："我不是垂垂将老之人，也不是不能骑马的病人，不要给我牵马了。你们几人先走吧！"

米拉日巴四人刚刚见识了塔玛多德的赛马才华，对他的安全十分放心，便快步前行，专注赶路。

塔玛多德一人骑马，闲庭信步般欣赏着林中美景，米拉日巴等人的身影逐渐模糊，他感到空气都变得清新了许多。此刻，他不愿面对违背约定后母亲责备的目光，只想尽情榨干这欢愉自由中的最后一滴甘甜。

然而，幽幽丛林中的行进并不平顺，行至一处名为垄巴咸的地方，高处有水流蓄势而下，经年在悬崖处冲撞出层层皱褶，利刃般的碎石零落堆杂，在两者之间的狭窄地带，黑色丛林张牙舞爪，用锋利的黑刺炫耀着领土。

风景奇绝，寸步难行，一如拒人于千里之外的美艳女郎，冰冷却灼人。

白膀乌鸦轻轻地跺了下前蹄，停驻片刻。塔玛多德的心猛然下坠。纵使一路上灵巧的马蹄避过了无数杂石浅滩，他仍然可以感受到它的迟疑。然而白膀乌鸦似乎对自己身负的使命了然于心，它终究还是跨出一步，掩饰着对身边黑刺的恐惧，勇敢闯入密林。

患难突然降临时，人总会选择相信什么来温暖自己的内心，他选择的事物从此也将牢牢占据他的心。塔玛多德侧脸贴在白膀乌鸦的鬃发上，在那温热气息中似乎听得到血液汩汩的流动声，这声音让他内心平静，仿佛自己与它血脉相通，融为一体。它能带他入危险迷途，也必能随他生死与共。

马蹄声嗒嗒，惊扰了丛林中沙鸡母子的清梦。小沙鸡们本在温暖的干草中相拥而眠，好似被如此奇怪的声音吵醒，叽叽喳喳个不停，连连伸展着翅膀，惊喜又恐惧。

沙鸡翅膀的扑棱声、翅膀和树枝摩擦发出的沙沙声，都让白膀乌鸦不知所措，连连调整着身体的平衡。

塔玛多德身体忽地一歪，一只脚卡在马镫之中，仰面倒地。

受惊的马儿对塔玛多德的处境一无所知，它撒开蹄子狂奔，只想竭尽全力将主人带出险境。

头上的刺痛伴着眩晕不期而至，塔玛多德在脑中将一日的经历迅速回放，与母亲的七个约定他一一违背，预言终于开始显示出威力。塔玛多德拼命挣脱着脚下的马镫，竭力呼喊着想让马儿停下来，可马儿仿佛受了鼓励，跑得更快了。

塔玛多德身旁的乱石堆上一道长长的红色印迹蔓延开来，足有一箭多远，他的同伴们早已不见踪影。

米拉日巴心中一直记挂着塔玛多德，此刻回头张望，唯见白膀乌鸦飒爽英姿，却不见它的主人的身影。

米拉日巴心想，塔玛多德定是被马儿甩在身后了，恐怕有麻烦事发生。米拉日巴双手抬掌汇聚体内真气，身体便如羽毛般轻盈，顷刻间便出现在白膀乌鸦面前，他来不及探究因由，只快速地一手握住缰绳，缠绕在近旁的树枝上，一手解开缠住塔玛多德的马镫。

塔玛多德头部的鲜血如注喷涌，双眼紧闭，脸上现出痛苦的神色。

“触犯禁忌的人，本身也将成为禁忌。”八百多年后，西方精神分析学创始人弗洛伊德从种种神秘图腾和禁忌之中寻找人们内心约定俗成的痕迹，但这句话并不适用于米拉日巴。

米拉日巴想起临行前师母的嘱托，心如刀绞，顾不得身上的白衣被浸成殷红色，伸出双臂将塔玛多德揽入怀中，他只觉得周围仿佛被透明的屏障隔开，胸中涌出一种寂静的绝望。

虽说修法之人当抑止心猿意马，以平常心应对人生随处可见的无常，但“人非草木，孰能无情”？在生命的脆弱和苦楚面前，以慈悲心关照，这或许才是佛法最大的变通。

玛尔巴郭勒几人闻声赶到，望见此番景象，纷纷收敛了粗重的呼吸，环在塔玛多德身边，一遍遍呼喊着他的名字，痛哭声响彻丛林，惊起几只飞鸟悲鸣不已，扑棱着翅膀冲入孔雀蓝的天空中，难觅踪影。

他目击了这一切

“最终的所谓命运，还是自己一步步走出来的。”日本作家东野圭吾在《解忧杂货店》中借回信人之口如此诠释命运的吊诡之处。倘若在剧痛中晕厥的塔玛多德心有感知，应会深深地理解此中真味。可他只是眼帘紧合，在众人茫然无措的哭泣中无动于衷。

米拉日巴伸手探塔玛多德的鼻息，那一股温热微弱的气流让他暂时安下心来。突如其来的灾难让大家哑然失语，只有玛尔巴郭勒眼中没有慌乱，向米拉日巴轻声道：“看样子是没法骑马了，我们做个轿子把他抬回去吧！”

米拉日巴捂住双眼的手掌慢慢滑落，脸上挂满泪痕，朝玛尔巴郭勒用力点了点头。

在绮丽如织的生命面前，任何可以讨价还价的东西都不过是过眼云烟。四人毫不吝惜地从丰厚的供礼中抽出成匹的鲜艳绸缎，为塔玛多德缠头、捆扎轿子。

见塔玛多德头上的血流被止住，大家长长地舒了一口气。米拉日巴守在塔玛多德身边寸步不离，其余三人忙着砍折粗壮结实的树枝作抬杆。

轿子还没捆扎完成，只见米拉日巴用力挥动着手臂招呼众人，几人纷纷放下手中的活计，围作一团。

“你们来得正好，我刚才好像被甩下马背，头伤到了。你们都在忙什么呢？”

塔玛多德的声音并无异样，好像在讲述着和自己毫不相干的事，只有眼球转动，放射出一股奇异的光芒。他的目光如刺，洁净直接，刺得四人低垂眼帘，掩面闪躲，没人忍心向他倾吐实情。

片刻沉寂后，米拉日巴终于开口："上师，您现在不能骑马，也不能行走，我们打算捆扎轿子将您抬回去。"

"大鹏纵然饥肠辘辘，仍然能展翅翱翔天际，我现在虽然头上受伤，但骑马应该没大问题。"塔玛多德头上嗡嗡作响，心中对米拉日巴的小题大做多有嗔怪。

这一次，他仍然选择相信自己的意志。

塔玛多德抽出腰带，一分为二，让大家帮他，用一半缠头，一半系在腰间。

"请把我扶上马背，郭勒叔叔最为年长，请帮我牵马，两人在我左右扶着我，别让我跌落就行。阿波吐钦，请您先回去向父母禀明我的伤势，免得他们担心。"塔玛多德一字一顿，身体随马背一起一伏，年轻的脸庞若明若暗，唯有目光坚定如初。

米拉日巴见塔玛多德思路清晰、口齿伶俐，心中暗暗向佛祖祈祷，愿他的反应不是回光返照，自己先行一步找到师父，尽快救治才是上上策。念及此，米拉日巴快步赶回色卡石堡。在暮气的沉降中，色卡石堡更显厚重，然而此刻映在米拉日巴的心中却如阴影般沉郁。

石堡顶层，玛尔巴仍在静修。

米拉日巴叩首行礼道："尊师，我要向您说几句冒昧的话。"

玛尔巴悠悠然地将视线集中在他的身上，道："你每次来的时候，都是喜笑颜开的模样，如今脸上却是这般沮丧，想必有什么让你烦忧的事发生了。你尽管说，我听着！"

米拉日巴听师父口气平淡至极，抬眼见他慈祥的尊容，双目泫然，大颗滚烫的泪珠滴落在地，声声入心。

"那孩子是去了节会吗？"

"是的。"

"在什么地方摔伤了头？"

"就在一处叫垄巴咸的地方。"

“这可真是不祥之地啊！现在死了没有？”

“万幸保住了性命，很快就会赶到家了。”

“他是如何处理伤口的？”

“腰带撕成两半，一半缠头，一半系腰。”

玛尔巴气息仍未有半寸慌乱，忽然想到昨晚让自己辗转难眠的噩梦，将种种梦兆告诉米拉日巴。

有阳光就会有阴影，拒绝阴影，就是拒绝阳光。玛尔巴深谙生命的脆弱和无常，种种情绪不过是自己沉迷的独角戏，不如将它们抽离干净，只当既定的事实来对待。

在米拉日巴的唏嘘声中，玛尔巴拍着他的肩膀道：“昨晚的噩梦看来便是我们父子两人即将分别的预兆，恐怕我即刻动身也无济于事。但我们毕竟父子一场，可怜的孩子，我还是去看看吧！”

玛尔巴身如疾风，瞬息之间就已远离石堡十里开外。

万事万物与这世间总有或近或远、或深或浅的缘分，缘起缘灭自有因由和轨迹。生命并不是荒谬的戏剧，一味地沉溺在悲伤或自抑之中都是短视而徒劳的。

玛尔巴心有万千佛法，历经种种无常，怎会不通晓其中的道理呢？可他还是希望能和儿子有一场郑重的道别。

他不怕徒劳无功，他要用仪式感，与生命中的种种虚妄对抗到底，还生命以庄严和从容的底色。

第十五章　只要记得，何必认得

起死回生的方法

所有故事的结局一旦被写好，过程中种种的峰回路转，也不过只是让人心激荡的佐料而已。玛尔巴脚底生风，心中却如坠千斤巨石。

太阳在天边雪山峰顶隐没，好似微醺的双眼，只留下暧昧色调的余晖。玛尔巴单掌在眉间翻转，极目远眺，只见天边微小的剪影在晃动，步调不由紧了几分。

行至一处名为拉野的地方，远远见到一马徐徐而行，马旁二人垂头丧气，马上的人摇头晃脑，定睛一看，正是自己的儿子塔玛多德。

塔玛多德原本低着头，见到父亲风尘仆仆赶来，惊喜远大过忧虑。父亲平日波澜不惊的面庞如今难得地泛起层层波纹。

“父亲，今天我因为参加节会，头上受了伤，您帮我看看要不要紧。”塔玛多德抬头看进玛尔巴眼里，将头埋入父亲怀中，语带一丝软弱。玛尔巴轻轻解开缠绕的腰带，厚实的手掌不由得轻轻发颤，心里明白不能再耽搁一秒了，连忙将儿子揽入怀中，在他的耳边唱起往生歌来：

“……一切因缘造化所生的事物啊，突如其来的消亡损灭在所难免……你父亲我原本是天界的曼陀罗，你的灵魂最好从梵天之处离开，这次就在父亲的心间活转回来吧！”

塔玛多德脑中一片明朗光耀，父亲第一次展示往生夺舍法的精妙盘旋在他的记忆上空，那真是令人啧啧称奇的惊艳时刻：

夺舍法属那若六法之一迁识瑜伽中最为精妙的一种，秘不外传。藏传佛教中活佛转世理论即起源于此。那若巴大师间接从密集金刚求得，再传授给玛尔巴。然而，未曾亲眼被验证的，从来都是世人打趣诟病的靶子。不只俗人，连玛尔巴的一些弟子都对夺舍法的神异心存怀疑。

在一次酬谢上师的法会上，降若祥敦等许多弟子在静室前静候玛尔巴上师发话，塔玛多德自然也在其列。就在玛尔巴即将开口讲法之时，身边恰有鸽子母子飞过，一只凶猛的鹞子猛地俯冲，母鸽惊吓过度，在逃回鸽子窝的一刻就变成了一具僵化的躯壳。见此，众人皆随玛尔巴大师轻叹了口气。

半晌过后，玛尔巴开口道："今天我就给你们表演一下夺舍法的精妙吧！"说罢用一根细线拴住死鸽的爪子，放到远处，开始作起夺舍法来。

众人顶礼膜拜后，目光在玛尔巴身上寸步不离，生怕错过一点儿玄机。

忽见身体僵直的鸽子起身扑扇翅膀，准备起飞，小鸽子一看妈妈安然无恙，围着它飞个不停，最后依偎在它的翅膀下。

众人皆被这感人的场面触动，降若祥敦猛一回头，只见玛尔巴大师枯坐于远处，面如白纸，他心中惶恐不已，哭着喊道："上师啊，您可不要这样啊！"可上师只是眼睛直瞪瞪地望着地面，毫无反应。

降若祥敦忙跑到鸽子面前哀求，只见鸽子霎时倒地，玛尔巴如大梦初醒，面色恢复红润。弟子们看向玛尔巴的目光多了笃定，那时塔玛多德更是从心底为父亲感到骄傲。

父亲能作这样神奇曼妙的法，想必也有办法带自己走出这一次的困境吧？塔玛多德心中猜度着，却只见眼前父亲的轮廓越来越模糊，逐渐融入满目金黄色光芒中不见踪迹。

往生歌如泣如诉，响彻云霄，一直传入达美玛的耳中。达美玛已经一整天不吃不喝，坐卧不宁了，她的心好似充气的皮囊，一丝一毫地在等待中胀大，瞬间被锋利如锥的歌声刺破，心中不祥的预感快把她压垮了。她抓起毡衣，胡乱套上鞋子冲出门外，循着歌声方向一路狂奔，鬓发已成为疾风的模样，目光如赴死般笃定。她知道，自己正在赶赴一场或许早以落幕的悲伤演出。

生死皆有益众生

艺术家萨拉·沃克曾说："成为母亲就像是在你平常居住的房子里发现了一间全然陌生的房间。"任何一个女人，在成为母亲后身上都会自动进化出刚强的器官，让她能够独自抵挡生命中所有危急时刻。

达美玛在风中疾走，一如大漠中提刀行走的赏金女猎人，很快便与惨烈的真相短兵相接：自己的儿子披头散发、满头鲜血，玛尔巴口中喃喃，神色从未有过的难看。达美玛双手捂住哆嗦的嘴唇，旋即晕倒在地。

良久后达美玛苏醒，第一句话就是："您精通八支[①]疗法，孩子还有没有救啊？"

玛尔巴眉头微蹙，叹道："我虽精通八支疗法，但无头之尸也是救不活的，俗话说：'三界有情气数尽，三世佛陀也技穷。'"说着便将儿子转送到母亲怀中，接着说道，"'满满一铜瓢水，就鱼眼那么大的油花儿，也能洒到墙边上。'孩儿原本在家安心闭关，却非要出去看什么节会，不是你放出去的，还有谁？妇人之仁就如同'山羊带路、雪猪守门，用灰尘当路标，拿酥油遮挡阳光'，哪里有什么好事会发生？"说完负气垂头而坐。

对于丈夫的冷嘲热讽，达美玛并不在意。她知道自己并无过错，丈夫是固执己见的人，在如此紧要关头与他争辩毫无意义，倒不如赶紧为儿子作往生法，兴许他还有救。

人们自古便有为逝者歌唱的风俗，以此平复生死之隔的恐惧，探触生命

① 八支：藏医将疾病分为八支，即全身病支、儿童病支、妇女病支、魔鬼病支、创伤支、中毒支、返老支和壮阳支。

的气息，屈原的《九歌》如此，往生歌亦是如此。达美玛的往生歌再次萦绕于旷野之上，身边的米拉日巴、玛尔巴郭勒等人无不垂头抹泪。

弥留之际，塔玛多德已失去大半意识，母亲的歌一句都没有听进去。母亲心生绝望，眼角一滴豆大的泪珠疾速滚入塔玛多德的耳朵中，让他再度睁开双眼，他凝视着父母，祈求母亲再唱一遍往生歌。

“阿波吐钦，请扶我起来，”塔玛多德用手扶头，对身边的米拉日巴说，“我这一生一直都想报答父母的养育之恩，如今不但无法做到，还让他们心生忧伤，我有三句话想要禀告父母，请您帮我一下。”

米拉日巴双目泫然，啜泣道：“千万别这样说，这对您的寿命没有丝毫益处。”

塔玛多德强撑着眼皮，一字一顿地说道：“这次的灾难不就是生命中的障碍吗？行事必当行走大路，不可剑走偏锋，今天我终于领悟了这个道理，可惜已经太晚了，我要走了。世间大半众生离世时都要经受恐怖的炼狱之苦，我如今依仗父亲传授的投生法力，可以不必受此痛苦已是万幸。生而为人，不宣扬佛法利益众生，怎么能算活过呢？只希望父母亲千万不要悲伤，让我为他们献一首歌。”

说罢，他便声音嘶哑地唱起来，歌中尽是对佛法的尊崇和对父母的感激，没有一丝埋怨之气。

玛尔巴听罢感叹：“我的儿子在世时，全境风调雨顺，五谷丰登，不生瘟疫，无有饥荒。特别是可以即身成佛的往生夺舍法，已开始在雪域弘扬，对众生大有裨益，可惜你却遭受了生命这般的磨难啊！”

眼见塔玛多德气若游丝，一行人忙将他抬回家中，在温暖的禅床边围成一圈，拉姆等女弟子眼眶通红，不断请求塔玛多德修往生夺舍法。

往生夺舍法的修习现在基本失传，我们只能从典籍中寻到只言片语：

“修习者成功的标志是颅顶（梵洞）皮肤的肿胀，从中渗出了鲜血和一种淡黄色的分泌物。这种肿胀（鼓起）可以借助于一根吉祥草而刺穿。

“这些奇特的身体修持成果（于其中还应补充在开口的数日间于颅顶有一种相当疼痛的感觉）说明这种瑜伽是危险的，只有在一名对此拥有圆满感受的大师的指导下才能进行。”

塔玛多德心想，我若是真的能够往生，继续宣扬利益众生的佛法，又何尝不是对自己命运的一种改写呢？这样父母也会真的放心了。他摸着自己僵直的脖子，尽力说道：“为了让往生夺舍法能在此地广为流传，你们就帮我找一个洁净、没有伤痕的男孩尸体来吧！”

玛尔巴和达美玛同时长长地舒了一口气，此前的争执登时烟消云散。无论生死，塔玛多德都可以利益众生，这对佛法和当地的百姓而言，何尝不是一件可喜之事呢？

弟子们闻此亦心生喜悦，开始分头寻找，洛扎地方的人们一夜未眠，家家都在为塔玛多德暗自祈祷着。墨黑的夜空在酥油灯焰的冉冉游动中透出云彩的形状，渐渐由浓转淡，仿佛向黑暗宣誓：生命，永远是照亮无边黑夜的不灭火光。

这不是幻术

往生所需的身体必须是洁净而没有伤痕的，这让众人的搜寻变得极为困难。众人整夜奔忙，却只找到一具因瘿瘤病而死的老妇人遗体，只好请塔玛多德转生于此。

塔玛多德当即摆手拒道："这尸体不能做利乐众生的事业，我不同意。"

良久之后，一个牧羊的弟子在一座破败的庙宇中发现一只因鹞子追赶而被吓死的鸽子，连忙双手捧着一路小跑回来，塔玛多德此时呼吸已经相当微弱了，可语气仍旧坚定："往生到禽鸟的身体中有什么好处呢，又不能利乐众生，让我此后的投生选择越来越少，对你们又有什么好处呢？我不能这样做！"

他心里清楚，往生的初衷即为利乐他人，倘若自己一无所用，便只是行尸走肉，徒然浪费了佛法的精妙。

可众人已经寻找了一夜，眼皮半合，有些人已经打起了哈欠，内心的焦躁全然写在脸上。其中一些缺少慈悲心的弟子说道："圣者玛尔巴译师说有即身成佛的秘诀，原来是骗我们的，以前我们看到的，肯定是玛尔巴所做的幻术！"

说这些风凉话的人对生死都不在意，却貌似努力捍卫着所谓真理，难道不是很可笑吗？奥地利作家茨威格在其唯一的长篇小说《心灵的焦灼》中提到："同情恰好有两种，一种同情怯懦感伤，实际上只是心灵的焦灼。看到别人的不幸，急于尽快地脱身出来，以免受到感动，陷入难堪的境地。这种同情根本不是对别人的痛苦抱有同感，而只是本能地予以抗拒，免得它触及自己的心灵。”这话正是说他们这种人。

自己已是半身没土之人，以谎言将自己包裹得光鲜亮丽又有何用呢？塔玛多德悲愤不已，大声驳斥道：“从印度千辛万苦求来的佛法，怎么能弄虚作假？我父亲传的法，怎么能是哗众取宠的玩笑？千万不要对上师心生邪见，否则堕入恶趣[1]的轮回，到时后悔恐怕一切都太晚了！为了证明我父亲传法的精妙，不让你们堕入恶趣，我现在就往生到鸽子身体中。请把鸽子放在我的枕头上，摆上供品吧！”

众人将丰盛的供品摆放好，塔玛多德在心中观想生起次第，众人只见喜金刚变化九尊如日月般皎洁明亮。圆满次第后塔玛多德面如死灰，原已死去的鸽子却猛然抖动翅膀，朝玛尔巴和达美玛的方向颔首顶礼，绕房间飞了三圈后，便向卓窝隆沟的方向飞去。方才说闲话的人，望着玛尔巴清瘦的脸庞一声不吭。

“孩儿回来！”人群中沉默已久的玛尔巴倏然发声。

只见鸽子满身朝阳的光芒，盘旋在色卡石堡上空，仿佛对这浸淫着童年回忆的居所万分留恋，继而在玛尔巴的肩膀上停驻，用嘴和爪子搔着翅膀。

“达美玛，以后我们只能指望鸽子了，将它迎到佛堂，摆上供品！”玛尔巴望向达美玛，目光如胶，达美玛从中读到了某种惺惺相惜的味道。

顶楼是供品，楼下便是焚化亭。众人将塔玛多德的尸体抬至焚化亭，玛尔巴和米拉日巴等人共同修起火祭法。

只见八种彩色之光从四面八方涌来，一时间天籁与人声、丝竹声相和，在天地间久久回荡。

“儿子，你绕焚化亭转一圈吧！”玛尔巴高声道。

鸽子即刻照办，在场的人无不瞠目结舌、呆若木鸡，心中为他们父子二人建起佛堂。

忽有呼号声传来，达美玛披头散发，正试图往焚化亭里跳！心碎可以让

---

① 恶趣：又称恶道，佛教用语，指因受恶业影响趣往的地方；“三恶趣”即地狱、饿鬼、畜生。

一个女人韧如蒲苇，也可以让她不惜自毁，如同希腊神话中亡命复仇的美狄亚，因为一无所有而义无反顾。

“就是不让我跳，也让我转一下儿子的遗体吧！”虽被众人拦下，但达美玛捶胸顿足，众人无不动容，连玛尔巴也紧抿嘴唇，尝到了某种与苦涩类似的味道。

一对老夫妇佝偻着身体、互相搀扶着走过来，他们能熬过前几天的丧子之痛，正是得益于玛尔巴大师的讲法。

“上师啊，请听我们老两口一句劝。我们的儿子离世时，您曾告诉我们，一切如梦如幻，您现在还有六个儿子在身旁，请您务必不要太过悲伤！”老人情辞恳切。

“我并没有因执念而伤心，只是感到可惜。你们的儿子一生耗费你们的饮食、财力和心力，死后又让你们堕入三恶趣。可我的儿子不同，如果他不死，对佛教和众生都是大有裨益的。他是‘梦中之奇梦，幻中之奇幻’！”玛尔巴说完向两位老人轻轻点头表示感激，转而回到禅床入定，发现儿子应在印度弘扬佛法，便在喧闹的集市上将鸽子放往印度。

望着鸽子在空中逐渐缩成沙砾大小，玛尔巴摸着自己的脖子，长长地叹了口气，眼底掠过一丝失落。可一想到儿子并非死去，只是以另一种方式做着有益众生的善事，便觉心中多有宽慰，回家的脚步也不复沉重了。

塔玛多德变成鸽子飞走了

“一把刀的锋刃很不容易越过，因此智者说得救之道是困难的。”

小说《刀锋》中，毛姆尝试以印度《奥义书》中的这句话解除饱受战争之苦的人们关于生死的困惑，让人不禁对古老的印度智慧心生向往。玛尔巴在得知塔玛多德将去往印度时，心中终于有了慰藉，如果说死亡如锋刃，他相信他会是那个越过它的人。

越过哭号的人群和焚化亭，玛尔巴掸了掸身上的尘土，安坐于禅床上，双手合十。入定片刻后，玛尔巴眉头微蹙，大声喊道：“达美玛，快把旧的供品换掉，我的儿子走错路了！”

日头偏斜，鸽子终于带着满身倦怠飞了回来，一头钻入玛尔巴怀中，双眼微眯如醉。

玛尔巴忙令众人将鸽子迎入经堂，以鲜美果品供奉，让其好生休养一夜。

第二日清晨，庭院正中央，鸽子已蓄足精神，振翅不已，玛尔巴苦口相告：“儿子，你昨天走错了路。左边的山如毒蛇般蜿蜒盘踞，是外道之所，不宜经过。你就顺着右边形如大象的山一直走，路上会有本尊之光为你引路，走到尽头便是尸陀林。那里正好有人送丧，你往生到那个十三岁的婆罗门的尸体中，就能如愿利乐众生了啊！”

鸽子听罢此话，再度绕着玛尔巴和达美玛飞了三周，点了三次头，此后便如箭一般刺入湛蓝的天空中。

变成鸽子的塔玛多德将父亲的忠告牢记心中，顺利作了夺舍法，没遇到一丝阻碍。

尸陀林中送丧的几个壮汉见冰冷的尸体忽然起身，吓得赶紧松手向后退缩。

塔玛多德见几人惊吓的模样，心中过意不去。幸而他受父亲教诲，对印度语略知一二，忙道："我这不是诈尸，是活转了，我们一起回家吧！"

众人心中大喜，连忙带他回家，一路上遇到和他玩耍的同伴和乡里人，都仿佛对他的死讯一无所知。

等几人回到家中，婆罗门的父母刚从丧子的昏厥中苏醒，见到孩子活蹦乱跳，自是异常欣喜。

几个送丧人讲得绘声绘色，把鸽子怎样飞来又歪在一边死去，孩子怎样活转的过程说得近乎神话，父母都相信这一定是神的旨意，对孩子更加疼爱。

见这孩子比过去性格更加温和有礼，热爱佛法，对双亲孝顺恭敬，抚恤穷人，两位老人不由得心有怀疑，塔玛多德便将事情的来龙去脉一五一十地讲了个明白。由于印度语中鸽子读作"底普"，这一连串的经历又如奇迹，他们就将他唤为"底普巴"，尊他为上师。后来底普巴出家为僧，因佛法精湛、造诣深厚被尊为底普密咒主，此是后话。

塔玛多德的离去一时让色卡石堡陷入沉寂，在达美玛时断时续的抽泣声中，弟子打开焚化亭，惊奇地发现颅骨片内有美轮美奂的胜乐金刚形象，更有诸多舍利留存。

先前怀疑夺舍法的人又换了另一套说辞："玛尔巴大师还有六个儿子和大弟子呢，佛法传承不是问题。从奇异的夺舍法和舍利来看，塔玛多德的死还是更有益处啊！"

然而他们的话只招来了其他弟子们的白眼，人们焚香净炉，献上精美供品，为塔玛多德做定时祭祀。

念经声悲怆沉痛，原本止住眼泪的达美玛再度匍匐在地。玛尔巴心有悲伤但还不至于难以自抑，朗声道："达美玛，莫让慕名而来的僧众也心生感伤了，这些事的发生自有因果。你这样悲伤对儿子没有一点儿好处，自己也心生苦恼，也让说法没法进行下去了，就像先前那对老夫妻一样看淡儿子的离开吧！”说罢轻声唱起道歌为她解忧，句句呼唤着她的名字，终于以佛理和事实点醒了她。

玛尔巴的声音粗犷沙哑，饱含深情，好似上天派到人间的灵魂歌者，能以厚重抚平所有干裂破碎的心灵。

达美玛抚着肿如桃核的眼睛慢慢起身，和她一同悲伤的人也渐次止住哭泣，目光随着冉冉上升的桑烟逐步攀升，一直望到高远无际的苍穹之顶。

第六卷

转化｜浪打红尘知多少

你们看到的我都不是我，
我一直在你们之间，
以顿悟和行走的姿态存在，
从未消逝。

第十六章　化作春泥更护花

念念不忘，必有回响

时日的消长足以将凌厉往事打磨成光滑的模样，洛扎地方很快恢复了平静。

然而对于至亲之人来说，塔玛多德的离开一如刻在心间的刺青，一瞬痛彻心扉，此后褪色结痂，每当记起便会隐隐作痛。

达美玛和往常一样在厨房忙碌，不久就端出糌粑和滚烫的酥油茶，径直走向二楼推开木门。“吱呀”一声，扑面而来的是一股神秘幽香，那是玛尔巴最为熟悉的味道。

达美玛抬头刚想开口呼唤塔玛多德的名字，忽然心如饮冰，不得动弹。

窗边的身影在清晨的逆光中如墨色浓重，旁边一炷藏香轻烟冉冉，达美玛用力揉了揉眼睛，她想自己一定是因为过度思念产生了幻觉。

思念一定是上天嘲笑人类的恶作剧，它在世间和人们心间留下蛛丝马迹，让人心生希望地追寻，却又把他们遗弃在荒原中，空余一串不怀好意的讪笑。

细看之下，这背影与儿子身形并无大异，只是多了一层沧桑的味道，达美玛一脚踏入房门，想一探究竟，忽见背影回转过来，她心中一抖。

玛尔巴眼窝深陷，双颊清瘦，背后朝阳初升，霞光万丈。

“他不会为这个世界掉一滴泪，却可能让别人比哭还难过。”

达美玛知道这倔强便是他的脆弱之处，人人皆叹玛尔巴不惧礼俗、冷静自持，却忘了他也不过是一个普通的父亲。尘世温暖和安稳，是他修习佛法以来对世俗的最后一丝贪恋。

两人并肩望着火烧般的彩色云朵，夫妻间默契的眼神说明一切。逝者已逝，倘若灵魂得以转寄他处，为何人还会心伤不已呢？

这个问题早在玛尔巴学法之初就已获得了证悟，可直至此刻他才深刻明白此中真谛，原来这就是所谓的执念。执念仿佛太阳无法照耀的行星表面，凹凸暗淡，复杂崎岖，痛苦皆来自于求而不得。

破除执念，方得自在安然心境。这是宗教和俗世中百般试炼都颠扑不破的真理。然而破执后的执着却是有益的，选择在茫若泛舟的尘世中笃信什么，然后从一而终，这种“狭隘”看似愚蠢，但它从不面临选择，未经验证就自然蜕化为明朗的智慧，因而离幸福尤为接近。

修行之人的内心便离这种状态最为接近。他们的生活并非无懈可击。他们栖息于孤寒清寂之所，眼观俗世繁华起落，同时也有大把直面内心脆弱寥落的机会；他们恪守着形色各异的仪轨，为世间殊途同归的终极问题困惑，唯一相同的是，他们内心纯粹坚定的火焰时明时暗，但从未熄灭，那就是对修行的笃信。

玛尔巴原本以为，自己已经为儿子选择了一条明朗的大路，可以让他免于陷入纠结苦涩之境，但儿子还是选择了所有路途中最为艰难的一条：试错。

可他无法对儿子生出责备，这不单得益于他修行的开阔心境，更源于他心中不愿倾吐的秘密：

儿子经历的，或许只不过是自己的另一种人生，那种如骑士一般，痛快果决的生活。

他们的性格如此相似，硬如石头，坚似金子。

塔玛多德的离开让他不得不重新审视自己。如果未曾几度往返印度、尼泊尔等地出生入死，从诸位上师修习佛法，而是留在家中，玛尔巴不确定自己是否也会像脱缰的野马，为脑中时刻涌起的疯狂念头付出惨痛代价。

佛陀在《般若经》中说，一切如梦如幻，哪怕证悟也是如此。他的弟子龙树也写，佛祖从未说过只有离弃了轮回才能算得上涅槃，事实上，“轮回之不存在，即为涅槃”。

人生总要经历由破而立的过程，玛尔巴明白，自己和儿子虽知遇佛法，能以往生夺舍法自由选择来世，但唯有从内心消除对轮回的恐惧、对自我的窃喜，心中方能如此刻的朝阳这般，日日明朗，泽被众生。

梦兆并不青睐每个弟子

对修行之人来说，一生当如一日，一日当如一生。前者叫人破除执念，后者让人精进有为。

夜凉如水，白日认真生活的人终于开始把玩这偷闲的片刻。米拉日巴双肘拄在窗台上，仰头望见石堡顶层的上师居所已是一片暗淡，唯有寥远星辰以微光证明着自己的存在。

白日，在塔玛多德周年祭供法会上，大家都对佛法弘扬和自身的功业教化心存疑虑，上师却一脸风轻云淡，他相信那若巴大师早已准备了神秘的预言，请大家各自安寝，等待梦兆的降临。

玛尔巴大师的话让所有人脸上都蒙上了神秘之色，到底是怎样神奇的梦兆，神奇到能够改变每个人弘法的前程呢？

目光所及处已有轻微的鼾声和满足的笑容，米拉日巴挠挠头躺下，很快就跌入梦乡。

他梦见自己身在赡部洲①广袤的大地，日月环绕雪山白顶，四方江河奔流入海，沿途繁花似锦，美不胜收。雪山之东的柱子之上，雄狮鬃毛浓密，四爪紧扣，眼神灼灼，纵身一跳，便已在雪山之巅；雪山之南有猛虎跳下柱子，奔跑于山林之间；西方有羽毛绮丽的大鹏鸟在柱头盘旋，既而直冲蓝天；在北方之柱上，岩石间筑巢的鹫鸟抬头仰望它的孩子们漫天翱翔……

连环梦后，米拉日巴自然清醒，此时天色微亮。他趿上鞋子就往顶层跑去，要赶在尚未完全忘记之前将梦境讲给上师听。

玛尔巴听米拉日巴一口气将梦讲完，连连拍掌笑道：“梦得好！梦得

① 赡部洲：即南赡部洲。佛教中在传说世界中央的须弥山周围有四大洲，其中南部的大洲即为赡部洲。

好！”随即转身让达美玛准备精美会供用品，召集各大弟子聚会。

待众人坐定，玛尔巴面色如和煦的阳光，声调激昂：“米拉做了一个好梦啊，真是难得！”

其他弟子在梦里没发现丝毫预兆，此刻皆艳羡地盯着米拉日巴，请求玛尔巴大师讲述梦境并做解读。

玛尔巴唱起道歌，为众人讲述米拉日巴梦中四大柱的真实含义。原来，这四大柱代表的正是促敦旺额、俄敦却多、梅顿村波和米拉日巴四人的修为和功德，每个细节都预示着他们将为雪域高原带来的福泽和恩惠。

四人面面相觑，对佛法的敬畏更深了一层。玛尔巴见他们深信不疑，心有惊动，决定遵循恩师的旨意，向弟子们敞开妙法教授宝库的大门。他一连几天白天讲法，晚上安排观修，对弟子们的问题知无不言，言无不尽。

弟子们皆是喜上眉梢，为修习昼夜不眠，整个色卡石堡都为这种虔心修习的气氛所感染，连玛尔巴大师都暗自赞叹不已。

在修习的弟子中，梅顿村波在恪守教法上可谓严谨的典范。第二次会供之日，他从外面风尘仆仆地赶回来，未及落座就拱手向玛尔巴请教：“上师啊，您和塔玛多德如佛陀一般泽被众生，我们这些人真是望尘莫及啊！上师您如同明月一般，俄巴等大弟子如同星星般环绕着您，让佛教密乘得以朗照四方，这多么难得啊！今晚的会供如此欢畅，上师若能将自己的经历唱入道歌，我们这些弟子一定感激不尽，就好似在黑夜中寻到了照路的明灯啊！”梅顿村波情辞恳切，在座者连连点头，向玛尔巴投去期待的目光。

玛尔巴正襟危坐，思考片刻便开腔唱诵，歌声在席间盘旋上升，连末座的弟子也听得清清楚楚。

他讲起自己接受灌顶的神圣时刻，讲起初时无法通晓佛法的焦虑，讲起自己弘扬密教的心愿，讲起自己为求法筹集金子的艰难……

弟子们的供养和侍奉一直都让玛尔巴不胜感激，他们青春的面庞让他想起塔玛多德，他们莹莹闪动的双眼让他想到自己求法中的种种艰难，他虽时常铁青着脸给弟子们抛出重重考验，也常常承受诸多误会和奚落，却对他们有求必应，尽己所能地为他们阐释佛法的精妙。只有愿意和他亲近的人，才能看到他黑硬面庞下柔软慈悲的心。

公正的偏袒

一连几日色卡石堡上空都被喃喃的诵经声萦绕，酥油灯灭了又亮，唯一不变的是玛尔巴师徒潜心修法的决心。

早在塔玛多德离世时，玛尔巴心中就产生了传法隐世的念头：世间生死如梦如幻，如今肉身尚在，自己理应为修来的种种精妙佛法找到合适的继承者，让它们在善行中开花结果，利益众生。

一夜月明星稀，玛尔巴正在进行无我母甚深灌顶，忽然瞥见窗外朗朗月色，心想，这正是传法的最好时机，但诸弟子与各种佛法的因缘际会各有不同，不如待黎明时看各人的因缘际会再做定夺。

对于修行之人来说，众生安然入眠的黑夜，正是收摄心神、功力精进的宝贵时刻。

许是修法的专注让众人暂时抛却了时间，师徒几人几乎一夜未眠，脸上却未显出丝毫倦意。

清晨的第一缕纯净阳光在纯白僧袍上跳跃，玛尔巴细细打量诸位弟子，凝视的目光好似将此刻浇筑成永恒的遗迹。

玛尔巴相信，这正是上师那若巴留在他心间的神来之笔，困扰已久的难题瞬间有了答案，玛尔巴迅速将诸位弟子召集起来，开始为他们挨个传法。沉浸在修法中的弟子们如大梦初醒，他们并不知道自己方才的一举一动决定了后半生的轨迹。

“俄敦却多！”玛尔巴以六边四理传本续法，如串珠般条理清晰，将那若巴六庄严[①]红莲宝石本尊像、印度求来带有注疏的经卷、烧施所用的圆勺赐

① 六庄严：指佩戴的六种装饰品。

予他，吩咐道，“你可以说法去利益众生！”俄敦却多双目粲然，将上师的告诫牢牢刻在心间。

玛尔巴转而将往生法详细地讲给促敦旺额听，促敦旺额觉得心中如点石成金般透彻明亮，接过上师赐予的那若巴头发指甲、甘露丸、佛冠五部等物件，连连朝玛尔巴顶礼膜拜。

当梅顿村波看到玛尔巴上师缓步朝自己走来时，激动得不能言语，听他将光明法娓娓道来，如同在黑夜中燃起酥油灯，心中诸多疑虑散尽，不由满心光辉。玛尔巴将那若巴大师所赐的金刚铃法鼓、带有贝壳装饰的颅骨放在梅顿村波颤抖的双手之中，连连说道：“要断除所有杂念。”

米拉日巴则得到了玛尔巴真传的脐轮火法、那若巴的帽子和衣服等神圣之物。玛尔巴的目光在他的脸上停留良久，说道：“去那寸草不生的石山和冰冷严酷的雪山观修吧！”

四位弟子各自得了玛尔巴大师的真传，心中满是欢喜，目光灼灼地望着玛尔巴轻启的双唇，准备悉心聆听上师的告诫。

玛尔巴以双手抚平额间白发，朗声道：“我现已按照你们各自的因缘传授了适合的佛法，你们如此便可收徒传授，但始终不要忘记自己的初衷乃是利益众生，造化百姓。多德已经走了，我将佛法密教真传和加持都传给你们了，你们倘若尽心尽力，定能令此方土地大获裨益。”

弟子们纷纷献上自己最隆重的谢意。在第三次会供席上，梅顿村波知晓玛尔巴心有退隐之意，他性格严谨，对那若巴大师的主张和上师的修法经历仍心存疑惑，便请求玛尔巴以道歌唱和。

梅顿村波的请求正是玛尔巴心中的期待，他告诫道：“我也非常看重佛法的种种仪轨和修持，直到广泛掌握才心有慰藉。但佛法的教授无须太过拘泥刻板，就为那些心有善念、对佛法有敬畏之心的人灌顶传法吧！”

玛尔巴说罢唱起道歌来，众位弟子都在这错落有致的音韵中再次确认，佛法绝非如不可转移的磐石，而是像潺潺流淌的活水激荡在人们的心间。

只要善念常在，佛法便永远不会消亡。

会供散席之时，弟子们纷纷带着满足的神情回自己的居所。就在米拉日巴转身离去之际，玛尔巴叫住了他：“米拉，你可以在这里多住上几天。”

上师的挽留如同恩赐，米拉日巴欣然从命。

早在得知米拉日巴四大柱之梦时，玛尔巴就已在心中暗暗做了决定：将口耳相传的珍贵佛法单传给米拉日巴。纵使有人以重金相求，纵使自己另有私心，也不会改变这个决定。

玛尔巴笃信，这是那若巴上师的旨意，他愿意全盘接受，况且无论从悟性还是意志上看，米拉日巴都算得上出类拔萃，理当担此重任。

望着米拉日巴背立于会供之所，宽大的袍服在寒风中飘荡，勾勒出刚毅的轮廓，玛尔巴不自觉地点了点头——自己这一派佛法的光荣和梦想，托付给如此刚毅果决又内心绵密之人，他大可放下心中负累，向那自由无所阻碍的境界飞去。

第十七章　境界之门开，万籁俱寂

身处何境，可见何相

秋日的清晨，村落里的炊烟刚刚燃起，轻烟尚未升到树梢的位置便已散尽，色卡石堡上方轻烟漫起，桑烟、炊烟混合着藏香的气息在凛冽的空气中节节攀升，径直冲向尚未破晓的天空。斑斓的落叶随着清风和米拉日巴手中的扫帚轻轻起舞，在与地面的摩擦中发出好听的沙沙声。

一阵忙碌后，整个色卡石堡都在安然有序的静谧中运转起来。米拉日巴抹去额间细密的汗水，双手拄着扫帚休息，他的目光越过空气中微凉的薄雾，越过满目萧然的层峦叠嶂，直达远处的雪山峰顶。那一抹未被任何生物涉足、只能远远观望的白，同身上的僧袍一样，都是世间圣洁而纯净的象征，时刻提醒着他将私心杂念剔除，永远保持对万事万物善良而温柔的耐心。

美国作家梭罗在《瓦尔登湖》中曾提到："如果要避免不洁和一切罪恶，你就热诚地工作吧，即使是打扫马厩也行。"

清晨的辛勤劳作同样滋养着米拉日巴的内心，他在桌前摆放好酥油茶和糌粑，静候上师和师母的到来，心中升起某种笃定的安适。

无论身处何等境遇，都能将一粥一饭的光辉铭记心间，这样的人，命运绝不会辜负于他。

师徒几人洗净双手，将糌粑揉成小团放进口中，碗中的酥油茶氤氲着白汽，模糊了彼此的面容。

"米拉，今日我要将那若巴口耳相传的密法悉数传给你，你做好修习的心理准备了吗？"玛尔巴放下手中的碗，语气颇为严肃。

米拉日巴连连点头，这是他一生中最隆重的时刻。

师徒二人在坛城上面对面打坐，玛尔巴将胜乐空行耳传的灌顶、教授连同分支佛法、秘籍、颂词等一并传授给米拉日巴，并唱道歌相赠：“传承常有，空行才算真传；祖师常有，底罗尊者才算至尊；上师常有，那若巴大师才算良师；教授常有，耳传为上；观修成佛常有，即身成佛才稀有。”

玛尔巴的告诫如拨云见日，米拉日巴不由感慨：“我们这一派的传承教授，不管在印度，还是在此方都非常有名，上师您的名声与前辈祖师的名声并无差别，上师的求法事迹和众人对您的崇敬在印度也是广为流传的啊！”

玛尔巴心生自豪之感，遂将对上师那若巴的感激之情融入道歌中歌颂不止。在他心中，那若巴就是佛法的火焰，独门的耳传教授更是妙若锦帛。

人的改变就如同中药包，相似的药材、分量和容器，只因为药引的不同，滋味和功效便相隔万里。对于米拉日巴来说，这药引便是上师玛尔巴的点化。

一连几日，师徒二人都在打坐和修行中度过，眼中早已没有了白昼与黑夜的分界。

玛尔巴的笃信让米拉日巴心中的虔敬更深了一层，他觉得自己就像一只肚大口小的宝瓶，种种新修佛法装入腹中过程艰辛，但在体内不断发酵膨胀，心中种种困惑渐渐如乌云般消散，他的眉宇间出现了天朗气清的气象。

玛尔巴清冷峻急的目光中，终于流露出一丝舒展的笑意。但他清楚，功成之日，便是离别之时。

离别之日，米拉日巴将仅有的木碗和师父赐予的衣冠打包搭在肩上，推开了那扇喑哑的木门。他回头一望，满地落叶，随风起舞，玛尔巴鬓发凌乱，立于风中，刹那苍老。

米拉日巴喉咙中涌起一种酸涩的感觉，却听玛尔巴开口道：

“我的身体可变幻万千佛身，或显现四大①种，或归于空寂，时而如彩

① 四大：佛教用语，即地、水、火、风四种元素，人的生命随四大而生，死时四大一齐毁坏。

虹绚烂，时而光芒万丈，在种种神通间变化自如，你看见了吗？你信还是不信？”

“弟子亲眼所见，心悦诚服。我也愿通过修习达到这样无往而不利的境界。”米拉日巴目如粲星。

“的确如此，米拉你莫作耽搁，现在就走吧！走！”玛尔巴心中酸涩，他想起米拉日巴初次拜见自己时羞缩的目光，想起他帮助自己修建石堡的辛苦，想起在儿子离开的时日里，他无声相伴的默契……玛尔巴觉得自己定然是老了，纵然受到远近百姓的敬仰供奉，纵然他还有六个儿子和达美玛在身边，这突如其来的别离还是让他唏嘘不已。

米拉日巴侧身回望，久久不再向前迈出一步。玛尔巴不忍再看，伸手按住门栓，将米拉日巴频频闪动的目光格挡在外。木门钝重的一声过后，一行热泪从他脸上奔涌而下，越过多年冷静克制的藩篱，越过时间在他脸上刻画的崇山峻岭，落在洁白的袍服上，如泛起波光的涟漪，转瞬恢复镜一般的平静。

终于看到自己的前世

对于内心笃定的人来说，前进是一个掷地有声的决心。其间险峰暗礁、种种峰回路转不过深水微澜，运化于心，日渐沉积成胸中丘壑，他们内心敏感依旧，只是不会再被丝线般的情绪缠绕。

米拉日巴转身望着紧闭的木门，苦涩一笑，上师始终如一块石头般冰冷，不近人情。

恰逢此时玛尔巴郭勒等弟子前来拜会上师，玛尔巴郭勒心思质纯，一把握住了米拉日巴的手，嗔怪道："你要走也不和我们说一声，我们也好为你饯行啊！"

"你也知道上师的脾气。"米拉日巴两手一摊，接着道，"我们今后做的都是饶益众生的事，有缘必能再度相见！"生活得义无反顾的人比较容易快乐，他们不为任何事物裹足不前，米拉日巴知道，此次别离也不过是另一种意义上的修行，说罢向众弟子微微颔首，咧嘴一笑，就此别过。

直至望不到米拉日巴的身影，一行人才渐次收回目光，转身往色卡石堡走。玛尔巴郭勒推开大门，正好撞见枯立门前的上师，玛尔巴郭勒吓得大呼一声，众人也都不自觉地随他向后一缩。

"修行之人怎可如此莽撞，大家跟我走吧……"玛尔巴缓缓道。

玛尔巴郭勒刚想争辩，却见上师转身独行引路，只得噤了声，跟随上师来到禅床前。

"现在我将为大家显现几种佛身，请大家莫要惊慌失措！"玛尔巴修行大半辈子，越来越相信：真正的修行者，最终需要面对的，也不过是自己内心的方寸之地。

玛尔巴时而幻化成欢喜金刚，时而变为胜乐金刚，再则密集金刚，再则金刚亥母……诸种佛相都在他的默念中幻化成形，弟子们目光如炬，试图发现变化中的玄机，却找不到一丝痕迹。玛尔巴郭勒心焦似火，迫不及待地问道："这是怎么回事呢？"

"就是这样啊！"众人未见玛尔巴其人，却听到了他洪钟般的声音。

"究竟是怎么回事呢？请上师明示。"

"我同时观想本尊的生起次第①和你们的净相②时便会显现出如此景象。"玛尔巴仍然没有现身。

弟子们一片惊慌，到处寻觅玛尔巴上师的踪迹，一边呼唤着上师，一边将玛尔巴的卧室、禅床和厨房寻了个遍，却一无所获。

有人眼前出现一条亮光闪闪的金条，有人见清水蜿蜒流转，有人见到赤红色的火焰，有人看到斑斓的彩虹，有人见到明灭可见的一簇明点，还有人两眼空空，什么异象都没见到。

众人只好回到禅床旁，玛尔巴已恢复真身，含笑看着惊慌失措的弟子们。

"上师，这到底是怎么一回事？"众人的好奇心不断堆叠，如同多米诺骨牌般动摇了玛尔巴的沉默。

"如果你们在梦中见到这些情景，又会去找谁寻求答案呢？"

"当然是上师您啊，请上师为我们详细解说！"弟子们跃跃欲试，呼声越来越高。

"我身体中的脉、风和明点③转为精华，虽然并未移动，却因为你们生起的净相不同，在你们心中映出不同的形态。"玛尔巴以梦境作为比喻，尽可能给予简单明了的解释。

---

① 生起次第：藏传佛教术语，无上瑜伽部禅定修持法之一。修持者修生起次第前，必须受到上师灌顶，以观想的方法抛掉执着，将自己观想为本尊，达到身语意等方面的统一。完成生起次第，即可修圆满次第。

② 净相：指净境或净观。净相法拥有包括灌顶、修法、仪轨及解说在内的完整体系。

③ 脉、风、明点：佛教用语，人生命的依止之处，相互依存，其中脉如房屋，明点如财宝，风心如同主人。

《坛经》[1]云："非风动，非幡动，仁者心动。"众人眼中充溢着神秘和奇幻的境界，种种姿态，变化万千，究其根本也不过是各人心中的曼妙风景。

道歌声轻轻响起："依止于脉、风和庄严菩提心的马儿啊，以平等鞭策不已，光音[2]无往而不复地驱驰着，有缘就能见到万千境界之相！"

玛尔巴口中念诵不止，慢慢合上眼帘，静静观想，忽然心中一片清明，身上所有的感官都仿佛顺着天灵盖与上天相互连通——森林和尸陀林中树木参天，遮云蔽日，簌簌的落叶盘旋许久落在肩上，玛尔巴轻轻拾起树叶，身下猛虎在碎石和溪水间旋转跳跃，他却自在安然。玛尔巴摩挲着手中的树叶，恍然大悟，自己此生种种境遇，仿佛与前世有着神秘联结。

佛法好似脐带，一端是既已前定的前世，一端是前途未卜的今生，为他输送着源源不断的生命能量，让他改变能改变的，接受不能改变的，在种种既定中开垦出新的园地，并把成熟丰盈的果实双手奉还给这片土地上的众生。

这，便是他此生需要完成的功业。

① 《坛经》：即《六祖坛经》，是记录佛教禅宗六祖惠能学说的一部佛教经典。
② 光音：二禅天的上层，在此散发的光明，可以照耀到其他各天之处。

无所阻碍的境界

高枝上的鸟儿闲庭信步，不时吐出几个音符打发寂寞，如更鼓般敲打着瞌睡的森林。流水潺潺，猛虎在丛林中步履轻盈，踏在铺着落叶的松软泥土上，发出窸窸窣窣的声响，连同呼啸的风声在玛尔巴耳边回荡，在他的心间奏出生命的乐章，华丽而壮美。

玛尔巴静静闭上眼睛，感受着此刻如谜的静默，忽然脸上一阵清凉的触感，眼前一团亮光的照耀下，一切恍如来世。

背光中，一位宽袍大袖的老者须发尽白，如瀑布般蜿蜒向下、金光闪烁，面上一双中正的眸子透着温厚气息，让玛尔巴如沐春风。

来者不是别人，正是玛尔巴的尊贵上师那若巴。上师嘴唇未动，心念已到，句句真言如珠子般敲打在玛尔巴的心中：

"抛掉此生种种荣誉和羁绊，这些不过是转瞬即逝的镜花水月，随我往生到乌仗那的空行净土吧！你的夙愿埋藏在那方，你的佛法定会日渐精进，对众生更加有益！"

听得上师的明示，玛尔巴连声答应，合掌恭送上师腾云远去。

可当他睁开双眼，满目只有粗糙的石墙、刺眼的日光，以及身下纹丝不动的禅床。方才种种，比梦境还要遥远，可在他心中，却比眼前一切都要真实。

生与死，犹如问题和答案的两极，人的心在此间辗转腾挪，为诸多情绪和欲望所驱驰。

当代诗人张枣写道："水，总倾向于多，总惶惑于少，而这个少，这个少，这才是我们唯一的溢满尘世的美满。”人生亦是如此。

我们尽己所能地将生命的杯子填满，但到后来才发现，那些被我们拥有的东西反而拥有了我们，自由的空间一再被挤占、压榨，我们开始困惑挣扎、呼吸困难，痛苦由此产生。

许多人直到生命的尽头才会明白，自己真正需要的，不过只有杯底的一点点，而大把如氧气般可贵的自由，早被自己的野心赶尽杀绝。

玛尔巴想起在那若巴大师身边修法的日日夜夜，想起自己内心的硬核如何被修行浸软，却更富力量。前世和来生如同画卷一般在他面前展开，让他感到从未有过的自在安然，他觉得此刻生命如同水一样，灵动、自由、明亮。

玛尔巴走下禅床，通体安适，身轻如燕。阳光透过门缝落在他将要推门的手背，他却发现衣衫上已满是细碎的阳光，色卡石堡外合抱粗的大树顶如伞盖，微风时送，风中有花朵和酥油茶的甜香。

从前身未动，心已远，可如今他的身心却同齿轮咬合般默契。玛尔巴纵然是见过佛法无数奇妙能力的上师，可还是对自己的新本领喜悦不已，他在心中默念着那若巴上师的名字，如孩子般好奇地练习起来。

凡是想要去的地方，无论雪山深谷抑或沙漠险滩，瞬息而至，毫不费力。这将会是江湖上多少奇人异士心之所向的本领啊！

见到儿子贝欧正气喘吁吁地扛着一堆会供用品破门而入，玛尔巴心中一动，不由得想要捉弄他一下。

他瞬息到达阶梯之下的大门前，清清嗓子正色道：“贝欧，我的儿，请拿点儿会供用品到我的房间，我要为下次会供亲自甄选供品。”

贝欧连连应答着走上台阶，沉甸甸的供品让他的身体不自觉地晃动，上气不接下气。他好不容易到达顶层，两手忙着用衣袖擦拭着额间的汗水。

就在他推开木门的一瞬，却见父亲安坐在禅床上，目光平静，贝欧的眼睛瞪得比牛眼还大，父亲明明刚刚就在楼下，怎么可能……

见贝欧一脸惊诧，玛尔巴忍住心中的笑意，一五一十地将来由讲明。贝欧的心思这才活络起来，逢人便讲：“就算是门和石头垒的墙也阻挡不了我父亲的行动，约束他是不可能的！”

玛尔巴已修到调伏一切众生的境界，种种佛身的显现和神通变化都易如反掌。一种无法被别人掌控的力量感在他的心间油然而生，但他知道，力量不能被浪费，更不能成为放纵自己的借口。遥想这一生，风云变幻，跌宕起伏，却在行将就木之时找到了内心的安适，不知是喜是忧。玛尔巴默念那若巴大师教给他的密咒，心中再度升起对上师的崇敬——他要将这无所不能的力量，全数倾注到利益众生的事业中，如此，方能不负此生。

第十八章　不枉此生心如水

彩虹帐下入定

寒风凛冽，阳光灼热，双生花般在险峻酷寒的雪域高原上静默绽放。种种冰与火的组合渗透在此方土地的灵魂中，蔓延至百姓的骨血之中，如契约般不可移转。他们爱得热烈，恨得迫切，一双在烈日和冰雪中淘洗过的眼睛，防备永远多过计算。或许极端越是纯粹，越是容易让人受伤，所以这里的人才需要平静温厚的佛法，调和内心种种剧烈矛盾和冲击，让人心各安其所。

第一丝晨光从石缝间滴落在玛尔巴的卧室中，玛尔巴面颊温暖，任由阳光抚平脸上刻印时光的层层涟漪，他的面容已在这副皮囊中寄居了八十八年，时间将它揉皱，却对它尚存爱惜的心念，让它随着主人平静如水的心境熨帖舒展，一如孩童般恬静。

每样绝世的好东西，总是会来得慢一些。《老子》云："大器晚成，大音稀声，大象无形。"生活如同一张悬而未决的网，诱惑着人们不断探寻自己和世界的诸多可能性，却始终不给他们肯定的回应。可到最后，它总将五光十色的反转尾篇抛给用心生活的人们，并且从未失手。

玛尔巴在阳光中沉醉的片刻，一道彩虹在天际蔓延开来。朦胧渐变的色调中，万千种花瓣带着迷人的芳香零落成雨，从穹顶洋洋洒洒落下，和着丝竹之声在天宇间回荡不止。

玛尔巴抬头仰望天际，如果可以，他真希望时间能够在这一刻静止，让他把从奇幻中生长出的美丽纯净尽收眼底。

彩虹、花瓣雨和美妙音乐震撼了整个洛扎地区的人，大家久久凝视着空中的奇妙景象，嘴巴大张着，顾不得脖子的酸痛。

飘零的花瓣在玛尔巴的耳边经过，扑簌簌地，如鸟儿在身上啄食般落在他的肩头，落在衣服的褶皱间，落在紧合的手印之中。玛尔巴记起自己还是个孩童时，曾在梦中看到漫天的花雨，自己独自一人在平坦松软的草地上奔跑，花瓣越过他的身体铺满整个地面，他不忍心踩踏，于是拾起片片花瓣，一次次将它们高高地抛回风中，看着它们在风中旋转、跳跃、坠落……

玛尔巴隐隐感觉到，属于自己的那个时刻终于到来了。

“生命只是个诺言，别为它悲伤，花园毁灭以前，我们有过太多时间，争辩飞鸟的含义，敲开午夜之门。”生与死之间的狭窄夹缝间，诗人北岛想以美赋予它含义。一个欣然领受了这份美的人，定然是含着眼泪、带着微笑的模样。

玛尔巴双手合十，闭上双眼修习佛法加行七支[①]，挂在脸上的晶莹泪花久久不曾下坠。

“上师，你怎么啦？”觉察到师父的反常，玛尔巴郭勒预感会有什么大事要发生，粗声朝玛尔巴喊道。呼声惊动了厨房里忙碌不止的达美玛，她与孩子们将玛尔巴团团围住。

“快为我摆上最好的供品，吉祥那若巴大师已经遵从诺言，带着无量勇士空行的部众来接我了。我就要到那空行净土之中，继续利益众生的事业了。”

众人忍着眼泪摆好供品，达美玛脚步凌乱，挣扎好久才站稳脚跟。

此时，玛尔巴脸上的泪花颗颗坠落，整个身子如被抽空般松弛下来，面部归于一片死寂。

花瓣雨和彩虹顷刻消散不见，连悦耳的音乐也戛然而止，围在身边的人都知道，玛尔巴这是入定升天了。

玛尔巴的离开狠狠刺痛了达美玛的心，她仰望平静如初的苍穹，哭声撕心裂肺。儿子们怕她想不开，紧紧搂着她枯萎的肩膀，默然望进彼此的眼睛里，不留一丝痕迹。

---

① 七支：佛法中的加行七法，包括敬礼支、供养支、忏悔支、随喜支、请转法轮支、请住世友支和回向支。

仁慈的灵骨供养者

得知玛尔巴升天的消息后，虔诚的信众纷纷从四面八方涌来，一时将色卡石堡围得水泄不通。人们排着长队，手持几炷香，或是提着满桶酥油翘首以盼，桑烟浓重，让他们不时呛出眼泪来。

“所谓时间，就是双方共享的历史。”在静默中等待的人们都感受到了这瞬间中的永恒，他们手捧的不是香火，而是与玛尔巴上师共享的记忆门票，在回溯中参悟解脱之道，寻觅着自己的生之去路。

天色渐渐暗了，从色卡石堡顶端望去，星火串联，如长龙摆尾，时明时灭。已然坐化的玛尔巴双眼紧闭，对眼前香火缭绕的景象全然不知，唯有诵经声不绝如缕，陪伴枯守的人们度过漫漫长夜。

在虔诚的人们心中，玛尔巴上师就是佛陀的化身。他们相信，只要获得上师的一点儿头发、指甲或是衣物相伴，就能被佛祖护佑，安然跨过苦难的围追堵截，终日与平安喜乐为伴。

见玛尔巴的儿子贝欧、玛勒布几人正在重燃酥油灯，一位肚子鼓鼓、在洛扎颇有名望的富商走上前去，深深地鞠了一躬，道：“感念玛尔巴上师无上功德，我愿出重金换取上师贴身衣物一片，以做供奉。”

贝欧几人相视一望，不由争执起来：

“父亲的身体这样分出去不好吧，他会不会怪罪我们呢？”

“父亲已经往生到那有百般受用的空行之处，哪里还在乎这具皮囊呢？”

“就是，就是，父亲乃心胸豁达之人，倘若知道自己的身体能利益众生，必会支持我们的。”

……

少数最终服从了多数。儿子们选用上等绸缎将玛尔巴冰冷的遗体层层裹住，绸缎触感细滑，让人难以相信，这里面曾住着一个对佛法和生活极其狂热的灵魂。他们最终没有建焚尸亭将玛尔巴的遗体焚化，而是将遗体的骨肉头发连同衣物分别送与众人，当然，也收获了众人的酬金。

人群骚动起来，家中富得流油的人们自是胜券在握，可仍有不少日夜劳作的人们，不惜卖掉房产田地，也要争取一块来自玛尔巴上师的信物，如数押上沉甸甸的金子，喜不自胜地将玛尔巴的遗骨请回家中。彭域地方的一个寺庙有幸获得玛尔巴上师的头骨，寺庙香火变得比以前旺盛了许多。

庄严肃穆的色卡石堡，转瞬成为一片叫卖的海洋。

哪怕再原汁原味的话，经过人们口耳相传，总会发酵衍生出奇幻的泡沫。当玛尔巴的大弟子俄敦却多听说此事时，不由长叹了一口气。纵使人死只剩皮囊，可眼见上师的遗体被当作物品任意分割，他还是觉得心如刀割。

上师讲法的音容仍在脑海回放，如一记冷拳打醒了俄敦却多。他当即赶向色卡石堡，誓要将上师遗体迎请回来，无论付出多少代价，哪怕被人狠狠敲上一笔也认了。

能让我们全力以赴、不计得失的，总不会辜负我们的诚意。

见到俄敦却多，色卡石堡如今的主人们早已探明了他的来意，他们不好怠慢父亲的大弟子，连忙派人奉上甜茶美酒。

俄敦却多单刀直入开口道："请将上师遗体赐予我，我愿意答应诸位的任何要求。"

众人面面相觑，不知如何应答，玛勒布和大家交换眼神后，清清嗓子道："你需要供养的东西最主要是那若巴赐给父亲的红莲宝石本尊像，你能接受吗？"

这红莲宝石本尊像正是玛尔巴上师传法时赐予俄敦却多的贵重礼物，上师往日的谆谆教导仍在心间，俄敦却多迟疑片刻，还是点头应许下来，上师的灵骨是与本尊像势均力敌的存在，甚至比本尊像更为贴近自己的心。

玛尔巴的儿子们果真信守诺言。在奉上红莲宝石本尊像以及无数财帛礼物后，俄敦却多终于得以见到玛尔巴上师的遗体。他伏在上师身边，望着那张面目模糊的脸，痛哭失声，哽咽中他似乎听见上师意念的明示：向前走，莫回头。

俄敦却多亲自推起载着灵骨的车子，一步一个踉跄地朝着前方走去。在他身后，留下一串深深浅浅的足迹，似乎提醒他记得在色卡石堡中那些充实而丰盛的岁月，永远记得回家的路。

原来他是真佛

“人人都在受苦，无例外。”这是当代作家、画家木心留给世间的最后一句话，与佛教中“众生皆苦”的观念不谋而合。

生活自有诸多艰难之处，死亡并不是痛苦的终结。对于玛尔巴而言，死亡更像是一场幻觉，世间的痛苦一天不被消弭，他也就不会放弃一丝利益众生的努力。

就在玛尔巴的色身遁入法界之后，那些曾经怀疑过、取笑过、诋毁过他的人终于噤了声，众人终于相信，他果真是佛陀的化身。虔诚的信徒更是将他奉为密乘教法的中流砥柱，把他看作太阳般明亮、普照万物的存在。他们为他编织的传说美妙如仙，至今仍伴随着转经筒和一串串佛珠在世间流传。

人们说他前世是菩萨的变化身，受上师大德之恩，幸得智慧勇士空行的密咒灌顶和种种教授。在掌握了诸如夺舍、神境通等种种神通后，玛尔巴仍保持着静水流深般的谦虚，涵养出自在具足之相，专心于利益众生的事业，未曾有过一丝倦怠。

让众人为之击掌相和的，正是这份对自己的专注。

《大般若经》记载：“有些菩萨须有父母，不须妻室。有些菩萨须有父母、妻室，不须儿女。有些菩萨须有父母、妻室、儿女和眷属等一切受用。”

严格来说，玛尔巴一生都未曾真正受戒出家。但在这片渴望平和扎根的土地上，佛法自有诸多通融之处，对佛教的笃信并不以禁欲色彩的戒律为唯一考量，在许多地方，人们对佛陀顶礼膜拜的同时，也可以保持诸多世俗习惯：饮酒食肉，娶妻生子。这在作家汪曾祺的小说《受戒》中有异曲同工的描述：

“他们吃肉不瞒人。年下也杀猪。杀猪就在大殿上。一切都和在家人一样，开水、木桶、尖刀。捆猪的时候，猪也是没命地叫。跟在家人不同的，是多一道仪式，要给即将升天的猪念一道‘往生咒’，并且总是老师叔念，神情很庄重：‘……一切胎生、卵生、息生，来从虚空来，还归虚空去往生再世，皆当欢喜。南无阿弥陀佛！’”

幸福并非尘世中走马灯般的喧嚣热闹，而是当世间种种繁华落尽，有谁还在你的身边守候。同样，一个人的价值也绝非是附属在他身上的战利品，而在于他为世间做了什么，让世界从此变得不太一样。

世间幸福的人很多，创造价值的人也不少，但能将这两者尽收腹中的不多，玛尔巴便是这少数人中的佼佼者。

离世时，他的身边有陪伴他的妻子儿女和忠心追随的徒弟。而亲自领受他心传的四位自在具足大弟子，早已奔赴各处修法，将上师的学说和求法经历播撒于再传弟子心中，让佛法得以在整个雪域高原开枝散叶，香火流传。

俄敦却多在宾察太地方修法收徒，早在儿子俄多德三四岁的时候，俄敦却多就带他拜见过玛尔巴，玛尔巴为他授记，看着他在佛法的修习中日日长大。俄多德继承父亲的法座后，还曾邀请玛尔巴的一个女儿担任班主，以精美的供品奉上，为她举行了五百人规模、为期一个半月的法会。

米拉日巴是玛尔巴最为器重的弟子，那若巴大师曾在玛尔巴面前对他赞不绝口。米拉日巴获得上师教法后，曾在宗楚、拉齐雪山、曲巴尔等山中风餐露宿九年，受尽磨砺，始终未获得证悟。但他未曾放弃，半月后忽然冲破魔障，修成无修瑜伽，印度达玛格底和丹巴甲噶等大成就者还专程赶来与他比试，赞他为“论藏最令人惊异的获成就者”。世间所谓的天赋，或许不过是那些不为人知的狂热和信念的另外一个名字而已。米拉日巴的弟子日琼巴后来踏着师祖的足迹往返印度五次有余，习得金刚手咒，同时治好了自己的麻风病，广收门徒。

《藏传佛教高僧传略》记载：“（玛尔巴）佛学成就巨大，翻译了许多经典，被称为古代西藏七大译师之一，形成与香巴噶举并存、至其再传弟子塔波拉杰时更为强盛的一大教派，世称塔波噶举[①]。”

虽然未曾亲眼见到自己所传教法如树叶脉络般历历可见，自成一派，但玛尔巴若心有感知，应该会得到深深的慰藉。在别人的讲述中，他从一生中的某一刻开始具备神奇的光彩，化为人们心间流转的古老谚语，在雪域高原广袤而干裂的春天中，带着湿润的生命光泽，带领在高原上茫然行走的信众逐渐走出越发开阔自然的境地来。

① 塔波噶举：经玛尔巴、米拉日巴、塔波拉杰师徒三代口耳相传而出，此派以修习密宗“大手印”为主，重视苦修实修，后人认为噶举派主体即为塔波噶举。

主要参考文献

［1］查同杰布，乳毕坚金，嘎玛·弥觉多吉，藏密大师[M]. 张天锁等，译.拉萨：西藏人民出版社，1997.

［2］蔡巴·贡嘎多吉. 红史［M］. 陈庆英，周润年译.拉萨：西藏人民出版社，1988.

［3］杨贵明，马吉祥. 藏传佛教高僧传略［M］. 西宁：青海人民出版社，1992.

［4］褚亚丁，尼玛泽仁. 配图藏传佛教故事［M］. 成都：四川美术出版社，1992.

［5］陈庆英，高淑芬. 西藏通史［M］. 郑州：中州古籍出版社，2003.

［6］唐景福，朱丽霞. 中国藏传佛教名僧录[M]. 兰州：甘肃民族出版社. 2006.

［7］达仓宗巴·班觉桑布. 汉藏史集：贤者喜乐赡部洲明鉴[M]. 陈庆英译，拉萨：西藏人民出版社.1986.

［8］正果法师. 佛教基本知识［M］. 北京：中国人民大学出版社，2007.

［9］宁世群. 苦行与乐趣：藏传佛教僧侣生活[M]. 西宁：青海人民出版社，1998.

［10］索南才让. 西藏密教史[M]. 北京：中国社会科学出版社，1998.

［11］廓诺·迅鲁伯. 青史［M］. 郭和卿译.拉萨：西藏人民出版社，1985.

［12］王尧，陈庆英. 西藏历史文化辞典［M］. 拉萨：西藏人民出版社，杭州：浙江人民出版社，1998.

［13］玄奘，辩机. 大唐西域记校注［M］. 季羡林等，校注. 北京：中华书局，1985.

［14］（德）叔本华.叔本华思想随笔［M］. 韦启昌译.上海：上海人民出版社，2005.